风一样开阔的男人

The man Like The Wind

章以武 著

SPM 南方传媒 花城出版社

中国·广州

图书在版编目（ＣＩＰ）数据

风一样开阔的男人 / 章以武著. -- 广州：花城出版社，2022.4
　　ISBN 978-7-5360-9639-4

Ⅰ.①风… Ⅱ.①章… Ⅲ.①散文集－中国－当代 Ⅳ.①I267

中国版本图书馆CIP数据核字(2022)第040023号

出 版 人：	张　懿
责任编辑：	黎　萍　许阳莎
技术编辑：	凌春梅
装帧设计：	黄肖铭

书　　名	风一样开阔的男人 FENG YIYANG KAIKUO DE NANREN
出版发行	花城出版社 （广州市环市东路水荫路11号）
经　　销	全国新华书店
印　　刷	佛山市迎高彩印有限公司 （佛山市顺德区陈村镇广隆工业区兴业七路9号）
开　　本	880毫米×1230毫米　32开
印　　张	8.375　4插页
字　　数	170,000字
版　　次	2022年4月第1版　2022年4月第1次印刷
定　　价	68.00元

如发现印装质量问题，请直接与印刷厂联系调换。
购书热线：020-37604658　37602954
花城出版社网站：http://www.fcph.com.cn

章以武,广州大学人文学院教授,广东省作家协会原副主席、广州市作家协会原主席,中国作家协会会员,获第二届广东文艺终身成就奖及广州突出贡献文艺家称号。主要作品有:电影剧本《雅马哈鱼档》《爱的结构》《小蛮腰》《我们的肖姐》;电视连续剧《情暖珠江》《南国有佳人》《心天一角》《风流大学生》;五幕话剧剧本《三姐妹》;文集《章以武作品选》《当代岭南文化名家章以武》(小说卷);报告文学集《异想而天开》;散文集《风一样开阔的男人》;中短篇小说选《朱砂痣》,该书入选"2020书香羊城十大好书"(文艺类)。

序

情系南国，怒放生命

王焱

章以武，文学界、影视界和学界的三界元老，广东文艺终身成就奖获得者，他的人生画卷堪称"广州的清明上河图"。而我，只不过是一个刚过不惑之年的普通教授。这次，章教授的新作即将出版，广东文坛极具号召力的前辈竟然嘱我这样一个小人物作序，的确是不走寻常路。这似乎正呼应这本书的书名，章教授真是像"风一样开阔"啊。

第一次见章教授，是2018年的冬天。他受邀来广东外语外贸大学讲学，讲的是他的成名作《雅马哈鱼档》的创作心得。

早闻章教授大名，以创作高品质的主旋律作品著称，他创作的《雅马哈鱼档》被称为中国电影史上的里程碑。说实话，在各种思潮风起云涌的20世纪80年代，要把主旋律作品写得入脑走心、众人点头，那可不容易。我半信半疑地把《雅马哈鱼档》过了一遍，没想到，这部20多年前的片子还真的有看头，带着那个时代蒸腾的热力，混着海风的壮阔、霓虹的闪烁和广州鱼档的腥味。观其文，想见其为人，对他的讲座挺期待的。

在讲座现场，终于见到了章教授本尊，一个清朗挺拔、颀长英武的老先生。主持人介绍章教授已经80多岁高龄，我心中先是一惊，想这老先生真是保养得法，这身板、容颜完全看不出来。但同时也有一丝丝隐忧，担心80多岁的老先生还沉浸在他盛年时代的世界里，说着那个时代的话，离我们当下的时代太遥远，让年轻的大学生太有隔膜，同时也担心章教授毕竟年迈，会讲得吃力。

但我的担忧完全是多余的。整场讲座，章教授神采奕奕，完全脱稿，字正腔圆，讲得如行云流水，情真意切，津津有味。他既能入乎其内，还原当年原汁原味的生活，又能出乎其外，与我们当下的时代相勾连。就这样，一部二三十年前的老电影，被章教授讲得海风猎猎、波浪翻滚、活色生香，把在场师生的注意力稳稳地抓住。

轮到我来做点评发言时，我第一句便感叹道："这哪里是八二老人，简直就是二八佳人。"在场的师生均会心大笑。

讲座当晚，我们跟章教授一起用晚餐。在饭桌上，章教授继续跟我们聊他当年求学、相亲、工作的种种往事，苦难中有希望，辛酸中有温暖，无奈中有豁达，人物、情节、语言就仿佛活生生的戏剧一般，如在目前，讲得风生水起，眉飞色舞，引得众人兴致盎然，哈哈大笑。后来，因与章教授投缘，我们有了更多的交往，成了忘年交。

章教授是出了名的生机勃勃，宝刀不老。著名评论家艾云老师说："他身材挺拔，步履轻捷。他的头发梳理得纹丝不乱，两鬓边像年轻人一样贴着头皮剪过,显得干净利落。他伸手与你相握时,厚实有力。他的眼睛写着机警,笑时咧嘴,很是发自内心。"真是好传神的肖像画。

尽管已84岁高龄,他还经常去挤挤挨挨的菜市场买菜,烧一手江南好菜。有时,他会把做好的菜拍上图片发给我们分享,告诉我们今天这道菜做得很满意,奥妙在哪里,惹得我们直咽口水。

章教授的创作力不是一般的旺盛。他常说:"人不能闲,闲会生锈。"从18岁写到84岁,章教授发表了300多万字,除了被刊发的300万字,他还写了另外没有被看见的300万字。耄耋之年的章教授,依然精神矍铄,文思如虹,笔耕不辍。2020年,他的中短篇小说集《朱砂痣》被评为"书香羊城十大好书"。2021年,他又完成了电影剧本《我们的肖姐》等作品。

章教授操十八般武艺,是个多面手,小说、剧本、散文、理论文章,样样拿得出手。这次即将出版的《风一样开阔的男人》是章教授的散文集。章教授是以小说扬名的,我喜欢看小说家写散文。如果说小说是小说家虚拟的宇宙,那散文则是他的真身和内心档案。他在散文里要面对自己内心的最高真实。散文有其独特的文体美学标准——透明。小说家如何面对自己、面对他人、面对世界,都会在他的散文里坦露。在散文中,我们能够捕捉到他本真的脾性和人格。

这本散文集分为三辑,题材丰富,天高海阔。第一辑为人物素描。这一辑除了第一篇写的是母亲,其他的均为对文坛友人的描绘,这些人都是他生命中重要而绚烂的人物,一个人就是一个世界。第二辑为生活写真,多为章教授亲历的或创作的时代剪影。这一辑里,鲜活的生活气息穿越时空扑面而来,马鲛咸鱼、做头、红色高跟鞋、卡拉OK……"广味"非常浓郁,他"春江水暖鸭先知"般地感知到南国大地的春涌潮动,并对都市生活的时代脉动、五光十色、风云变幻进行了举重若轻的呈现。第三辑为创作心得,多为章教授文学创作的理论提炼,又有着浓浓的泥土气和烟火味。文学创作"是一个人的上天入地,一个人的奥林匹克,一个人的张灯结彩",要"心向上、脚向下",要"扛着舢板继续寻找河流"等金句,都是其文学创作的法典秘籍。

《老娘的清蒸臭豆腐》是散文集中第一篇亮相的散文。章教授是上海人,喜欢吃上海的家常小菜——清蒸臭豆腐。文章描写了章教授的母亲为他找臭豆腐、做臭豆腐、看儿子吃臭豆腐的过程。文笔克制冲淡,却动人至深。这篇散文在《羊城晚报》发表后,赚了好多读者的眼泪,后来,章教授在黄埔书院讲《臭豆腐是怎样蒸出来的》,又赚了好多听众的眼泪。

节制,是章教授散文创作的一个特点。煽情的散文家大有人在,七分的情感,恨不能铺张渲染到十分,不免让人觉得虚张声势。而章教授则要收敛到五分,另有五分就如同引而不发的弓弦,让读者自己体会其间的张力。章教授写他去见他已患严重老年痴呆的老娘,而老娘却认不得他的那段文字,几近白描,但内心的沉痛，却像蒸汽一样在读者的心中弥漫。

汪曾祺曾说："我以为散文的大忌是作态。"；"二三十年来的散文的一个特点，是过分重视抒情……容易流于伤感主义。"；应该"把散文写得平淡一点、自然一点、'家常'一点。"；"我觉得散文的感情要适当克制。感情过于洋溢，就像老年人写情书一样，自己有点不好意思。"汪曾祺乃散文大家，深谙散文之道。抒情，就像做菜用的调味品，不能多放。一个好的散文家，不仅要知道哪些该写，更要清楚哪些不该写。章教授的散文，食材用料天然考究，生命之火虽炽热滚烫，但风火掌控到位，所以回味真醇。

章教授对人物的勾勒很有特点，他对人物的叙述就像聊家常一般，语言充满轻松飘动的弹性，娓娓道来，却又很传神。说陈俊年："人见人爱哩。哦，别误会，他并非伟岸俊朗的男人。他圆脑袋、娃娃脸、薄嘴唇，笑嘻嘻，思维敏捷，睿智风趣，年过七十，又患夜盲症，虽未到目眚足跛的程度，但行路生怕踏空，上下石级得有人搀扶，然，采风、饭叙、作品研讨会常会有他的身影，且发言爆'猛料'，顿时笑声迭起。"说卢锡铭"脚板像抹了油"，对文学"一往情深"。说江冰"厚厚的书，跟你说浅浅的话"。

章教授喜欢用第二人称的"你"来指称他要描述的对象。仿佛要写的那个人就端坐在他面前，而他正在用画笔画他。他一边与人漫不经心地聊着天，一边聚精会神地画着。聊着聊着，他已经画龙点睛地收工了。可别小看这风拂一般的随性书写，其中有深厚的功力，用汪曾祺的话讲，这是"苦心经营的随便"。

章教授写散文还有一个特点，这也是小说家写散文的长处，那就是贴着人物写。他对花鸟虫鱼、锣鼓声声等环境描写往往一笔带过，而对人则咬住不放。《土炕相亲》这样一篇人物形象呼之欲出的佳作，讲述的是他初次相亲的往事。故事发生在20世纪50年代的大西北。那个时候的章教授是上海城里来的"穿四个兜兜的公家人"，有文化，年方十九，血气方刚，正值青春萌动期。而那个相亲的农家姑娘，具备了一个18岁少女所拥有的一切美好，但没读过什么书。二人相亲时，你一言我一语，夹杂着极简主义的形象勾勒和坦诚活脱的心理描写，把男方的冲动与清醒、女方的主动和憨真，写得丝丝入扣，让人唏嘘不已。人性的真实多少让人有些心痛，却也闪耀着光芒。僻远小城的柔情无法满足章教授对更大世界的向往，但也令他满怀温暖地频频回顾。

章教授向往的是海，是风。他说"我从'海风'中走来"，他被称为粤派文学的一张名片。曾有评论家说，要想了解20世纪80年代的广州，就看章以武的《雅马哈鱼档》，要了解90年代的广州，就看章以武的《南国有佳人》。我想说，如果要领略什么是"海风一样的开阔"，那就来这本书里看看章教授不老与不羁的灵魂吧。

2022年3月10日

作者系广东外语外贸大学教授

目录

第一辑 感恩相遇，思念滚烫

老娘的清蒸臭豆腐 003

风一样开阔的男人——陈俊年印象 006

"粤派"才有的——钟晓毅印象 013

与著名书画家苏华对话 018

游转于山水之间的卢锡铭 024

杂家江冰 030

"横冲直撞"的吴君 032

你脸上，有诗意的光 035

情痴 043

雨纯与他的《天地男儿》 052

大腕写《大腕》——致彭名燕 060

木桂赏饭 065

梦呓晓籁 069

桂花芳菲里的莫言 073

易征的超常组合　076

说说黄啸，说说《都市牧羊》　079

有鲜鱼才宴客　084

凝视程贤章　087

第二辑　品咂人生，甜甜苦苦

土炕相亲　095

冷战——男人50岁之一　100

虚惊——男人50岁之二　105

我也"卡拉OK"去——男人50岁之三　109

孤单的鸳鸯——男人50岁之四　114

美之焦虑——男人50岁之五　121

老项画虎——男人50岁之六　129

《头啖汤》里喝出好世界　132

傻有傻福　135

电视机咏叹调　138

甘蔗的分量　144

银发一族　147

心里种花，报告春天的消息　154

一个真实的神话　158

思维的新边疆　185

异想而天开　198

第三辑　脚有泥土，心有真情

我从"海风"中走来　217

你是可以写些东西的　222

文学创作的烟火味——与文学爱好者闲聊　230

从卖鱼的事说开去……　239

读好书，快乐生长　247

关于《风一样开阔的男人》的自说自话　251

第一辑

感恩相遇，思念滚烫

老娘的手微微颤抖，捏着小油壶，在臭豆腐上淋了一圈麻油，又用筷子轻轻戳了一记，顿时，冒出一股特别的鲜香！

老娘的清蒸臭豆腐

多年前的早春,黄浦江上呼啸而至的北风,凛冽刺骨。我回上海探望70多岁的老娘。她白发稀疏,身子佝偻,伸出皮包骨、青筋暴露的手,抚着我的肩头,打量着我这个从广州回来的儿子,声音低缓:"阿武,侬也有白头发了!做教书先生蛮辛苦的哦!"

母子俩坐落客厅八仙桌旁,老娘道:"已是夜里八点多了,侬在飞机上一定吃过夜饭,侬随便吃一点。"她端上一砂锅热粥:"侬信里说过,广州的白粥、炒粉好吃。侬试试,老娘煮的白粥,像不像广州白粥。"接着,桌子上摆放了四碟下粥的菜:咸鲜醉蟹、酒糟腐乳、油氽花生、鳗鲞鱼干。老娘道:"都是你小辰光欢喜的家常小菜,侬试试。"老娘那双青筋暴起的双手,托着下巴,不言不语,双眼定定地瞧着我吃粥。

我瞟了几眼老娘苍老慈祥的面容,吃着粥,心潮起伏,眼睛湿热了。我频频点头,道:"姆妈,侬做的宁波小菜最对我胃口,好吃煞了。"老娘说:"好吃就多吃点,鳗鲞是自己晒的,我晒了两条,侬回广州带一条,让侬老婆、小孙子尝尝。明早,我去小菜场买几块臭豆腐,清蒸。我晓得的,侬最馋清蒸臭豆腐。"我说:"姆妈,只要侬做的菜,哪个菜的味道都是呱呱叫的!广州有辰光也能吃到油炸臭豆腐,湖南长沙火宫殿的臭豆腐蛮有名气的,也吃过。"姆妈说:"勿一样,勿一样。我晓得的,清蒸臭豆腐别的地方不兴的。"

第二天大清早,外边风雨交加,好冷,春寒冻死牛啊。老娘不见了,全家焦急。弟媳说:"广州儿子回来,老娘高兴,一定去小菜场买小菜了。"弟弟说:"是的,不会出大事的,我去小菜场找找姆妈。"他披着雨衣,疾步出门。直到上午10点多,老娘撑着油纸伞,浑身湿透,紧攥竹篮子,回来了。她冻得通红的青筋暴起的手,取出几块臭豆腐放进碗里:"运道好,买到了,总算买到臭豆腐了!现在市区的小菜场看不见臭豆腐的,要去郊外七宝镇乡下寻,我一个小摊、一个小摊寻过去,真开心,让我寻到臭豆腐了!"老娘拭着脸上的雨珠,双眼泛着亮光,好似寻到了稀世珍宝!

中午,一碗热腾腾的清蒸臭豆腐,上边散落着十几粒碧绿的毛豆子,摆在八仙桌的中央。老娘的手微微颤抖,捏着小油壶,在臭豆腐上淋了一圈麻油,又用筷子轻轻戳了一记,顿时,冒出一股特别的鲜香!老娘说:"阿武,吃,吃,趁热趁热。"……我禁不住伏案而泣。老娘递过一块热毛巾:"勿哭,勿要哭!让侬担惊受怕了。没有事体的,我还有点脚力的。路勿算远,换三次公交车就到七宝镇了嘛。清蒸臭豆腐要吃热的，侬吃呀！"我带着哭腔道："姆妈，我吃，我吃，四块臭豆腐我全部吃光它。"老娘听了，脸上绽放笑容，她那满脸的皱褶，是人世间最美的花朵啊，永远定格在我心间！

21世纪初，老娘去世的前一年，她老人家已90多岁了，我又来到她身边。弟弟扶着她坐在客厅的沙发上。她也不看我一眼，垂头，双手不断地搓着手上的手绢，闷声不响。我弟弟在她耳边大声喊："姆妈，侬广州的儿子回来看侬了。"老娘似懂非懂地瞟了我一眼，摇摇头："阿拉勿认得！"我大声地："姆妈，姆妈，我是阿武！侬的儿子，在广州教书的儿子阿武啊。"老娘好像什么也没有听到，仍是一门心思，闷声不响，搓着手绢。弟弟对我说："我们的老娘，老年痴呆症已相当严重，没得法子了。你再也吃不到老娘的清蒸臭豆腐了！"我热泪盈眶。

过了一会儿，老娘突然自言自语："阿武有个小囡，章歌，蛮漂亮的，去外国了。"说着，她目光空洞，又搓手绢了。我吃惊，她的意识里，有她的孙女，就是一点也不认得站在她身边的亲生儿子！

多少年过去了，每逢想念老娘，我就会闻到那飘香的臭豆腐……

风一样开阔的男人

——陈俊年印象

在广东文坛,陈俊年人见人爱哩。哦,别误会,他并非伟岸俊朗的男人。他圆脑袋,娃娃脸,薄嘴唇,笑嘻嘻,思维敏捷,睿智风趣,年过七十,又患夜盲症,虽未到目瞽足跛的程度,但行路生怕踏空,上下石级得有人搀扶,然,采风、饭叙、作品研讨会常会有他的身影,且发言爆出"猛料",顿时笑声迭起。一次,一女作家捧肚笑弯了腰,指着他的鼻子:"陈局(他曾是广东省新闻出版局局长),你,你……你别再说了。"而你呢,镜片后的眼珠骨碌碌转,信马由缰,照说不误。你是那么投入,那么惟妙惟肖,或庄或谐,机智幽默,让人叫绝。你啊你,风一样开阔的男人!

一文友道:陈俊年佛相,这尊佛,心里有一团火!一团对改革开放大时代的热爱之火!一团对五光十色新生活的由衷欢喜之火!

你告诉我，1980年，你出差深圳，夜半三更，你出于好奇参加了反偷渡把守路口的行列，下半夜，美丽的误会发生了，从江西、梅县、河源结伴而至的都是风尘仆仆来深圳特区的拓荒者、建设者。历史的喜剧就从这个月黑风高的夜晚启幕了。

你告诉我，80年代中，风雪天，在北京皇城根遛街，蹲在油锅旁咬着滚烫奇香的馅儿饼，跟裹着棉大衣的大爷穷聊。你道："大爷，你这摊儿真会选地方，选了个龙口宝地，生意兴隆，财源滚滚。"大爷喜答："托政府的福。客官，从哪儿来？""广州啊。""好地方，孙中山的故乡人！吃在广州。我这馅儿饼，广州做不出来的，羊肉馅儿。""是啊，好吃！""好吃多吃一个，买一送一，用你们那儿的话，跳楼价！""多谢大爷。大爷，请问这鼓楼离钟楼多远？""鼓楼与钟楼挨着的！"一个"挨"字，何等亲切，传达了多少京腔京韵！陈俊年抹抹嘴，心满意足地与大爷道别。

你告诉我，你新家在天河，刚搬去时，那里颇荒凉，除却"体育中心"之外，不乏"风吹草低见牛羊"的景致，曾领着小女儿在草丛中钓过青蛙呢。天河发展神速，真是"千树万树梨花开"，天河大厦、天河宾馆、天河酒楼、天河城、天河广场，就让人如坠雾里，每每远道而来的客人要东找西摸！

你问我："教授，记得吗，我与你1996年末，去京城参加第5届作家代表大会。一天晚上，我与你踮足进了北京饭店新楼咖啡厅。那端咖啡的女郎是如此高雅美丽，那轻捷的水上漂似的步履,那一声招呼、一个浅笑、一个转身,无不在向天下的女子做什么叫'教养'的示范。"你沉思片刻又道:"京城就是京城,咖啡女郎的含'文'量也高。"接着,你把她们与广州五星级宾馆的服务员做了一番比较。呵,一杯咖啡喝出了许多感慨。俊年,你是有心人!

你告诉我,你跟女儿佳佳在饭桌上的闲话,让你得益匪浅。你女儿说:"初中读鲁迅的作品,似懂非懂,只记得鲁迅的名字,他是大文豪,写过《阿Q正传》这部很出名的小说。现在上高中,读鲁迅先生的作品,感觉不一样。"俊年问:"有什么不一样?"女儿答:"现在从鲁迅的作品中懂得了'横着站',懂得了'硬骨头'。"女儿的回答让你很受启发。你说:"往后要跟年轻人多沟通,干出版这一行,少男少女需要什么样的精神食粮,心中要有数啊。"你告诉我你对参加家长会很有兴趣,那是了解年轻人很好的渠道!

你啊你,你总爱用脑!三句不离本行,难怪累得大拇指抽筋。

俊年,你说得真好!我们的生活日新月异,只要你留心,到处都发生真实的神话,简直不需要太多的加工剪裁,采撷下来就行。说是这么说,有的人入芝兰之室久而久之就不闻其香了。你的鼻子灵、耳朵尖,尽管你患夜盲症,晚间走路要牵上你的手,然而,你的双眼却善于发现美、欣赏美,你说奇不奇!我想最重要的是你热爱你脚下的这片热土。

你对我说："老哥，我是从粤东和平县大山沟里走出来的。1968年参军，是湖南省军区业余宣传队的创作员，学'码字'，从'三句半'开始。复员后，进了华南师范大学中文系。毕业后有幸迈进花城出版社门槛，遇到了易征、岑桑、苏晨、若丁，这些长辈、老哥的教诲，才使我一天天成长。我感恩知足，我是一个惜福的人！你几次三番要为我'画像'我也无法拒绝。要说很能展示我审美个性的作品，是1986年金秋十月，独自骑自行车采访连接广深的中国南部的黄金大道——广深公路（当时还没有广深高速），我一连写了10篇散文——《广深走笔》，在《羊城晚报》上连载。"我说："太妙了。我要重点采访你是如何书写这条金佩带的。"

那是1986年金秋十月，陈俊年独自骑自行车，从广州黄埔出发至深圳南头，进行为时7天的广深公路沿途采访，边走边写边寄样（《羊城晚报》特约稿）。我道："你是集大气、才气、灵气、勇气于一身。"俊年笑答："过奖了。那时，我三十出头，凭一股蛮气倒是真的。"南方十月，骄阳逼人，风雨莫测。陈俊年在车头插了一束痴红的簕杜鹃，以求此行吉祥。一路上，流水般的车辆轰鸣震耳，但有花香蒸腾，心情蛮好。他踩车至离东莞市区6公里处的偏僻乡野，在一间路边店进行采访。正午的阳光碎片跌落肩头，他与青年店主互递香烟，聊得颇投机。那间路边店连个招牌也没有，孤零零地兀立在公路右侧，是以竹子支起来的矮棚，上盖甘蔗叶，下露黄泥地，店堂约莫7米见方，货架上汽水、啤酒、糖果、饼干、卫生纸一应俱全。陈俊年问，这里做生意有顾客吗？对方答，偏僻有利于独家经营，独霸一方。看来店主颇有"战略眼光""逆向思维"。店主还说，这里大半年是夏天，饮料要备足，不能只卖易拉罐可乐，司机驾车要提神明目，所以菊花茶、人参茶最受欢迎。东莞米粉是本地特产，物美价廉，外地司机喜欢，成箱成箱地买。一回生，二回熟，烟台过来的司机将苹果成箱成箱地捎过来，大家赚一点，每斤苹果能赚5角钱。这间路边店每月赚五六百元不难。陈俊年告诉我，这位小店主有点现代经营管理的头脑，所谓经营意识、竞争意识、搞活意识不都闪烁在他的言谈中吗？市场一开放，观念一转变，路边店也有了新气象哩。

陈俊年在东莞采访时，发生了一个耐人寻味的故事。那时，凭花城出版社记者证，走到哪里就住到哪里。落脚东莞长安镇那晚，半夜1点有人来查房。他们怕陈俊年是假记者，说记者都是市委宣传部用车送过来的，从未见过骑自行车来的。陈俊年笑答："你10天后在《羊城晚报》看我的文章。"结果在系列散文中，陈俊年为东莞长安专门写了一篇《南望长安》。后来，长安镇负责宣传的人说："这位陈记者很有水平，很有干劲，很独创，我们不能以老眼光对待新事物。该请他饮早茶！"

广深沿线，外来的打工仔、打工妹，少说也有60多万，光东莞就超过20万。那些打工妹，个个豆蔻年华，十六七八，紧身牛仔裤，柔姿衫，青春靓丽啊。陈俊年告诉我，东莞常平镇，本地人口2万多,四面八方来打工的就超过1万,他们冲破地域阻隔,不安于贫穷、不甘死守一方,而是四处出击,八方谋生,开拓人生未来。有一个皮革厂的打工妹,语出惊人,她道:"我是来'偷师'的,两年时间,学会皮革加工的全过程。我们老家,有的是牛皮羊皮。我学了本领回乡之后自己开个皮革厂当老板!"陈俊年在写这篇《乡镇里的打工妹》时,心潮起伏,是夜,久久无法进入梦乡!

在《广深走笔》中,还有《香港来的"插队落户"者》,记述了这位曾经的偷渡客,乘改革开放之风返乡创业,尝到甜头的故事。《超负荷的交通与管理》《大时代的礼赞》《南方流行语汇》等这些直面广深公路的书写,不仅展示了呼啸而至的新生活图景,为我们留下了20世纪80年代南方大动脉的呼吸与身影,而且昭示了社会主义市场经济的魅力。陈俊年还跳出广深公路,从历史、地缘、文化以及南方特有的气韵等综合因素,揭示了广东改革开放的必然性与先行性,显示了不拘一格的务实精神、不定一则的包容精神、不守一隅的进取精神!

呵,闻弦歌而知雅意!一个作家的思想境界,决定了他文章的高度!

陈俊年于散文林中,射出了一支支响箭;而他的诗,也是让人啧啧叫好的。最近出版了他的诗集《你来春就来》,写得诗意丰富、诗眼灵动、诗趣盎然,出手不凡啊。诗评家们已在密切关注了。

俊年,你在繁杂的公务之余,笔耕不辍,精品力作,源源不断,因此,还荣获过广东省鲁迅文学奖,好生敬佩!

一晃,你我都已七老八十了。不过,在我心中,你仍是——

鲜衣怒马,归来依然是少年!

"粤派"才有的

——钟晓毅印象

钟晓毅,广东文坛一位颇有知名度的"粤派"文艺评论家。她模样细巧精灵,服饰鲜怒时尚,为人爽直率性,行文快捷精妙,笑口常开,好人缘!

说钟晓毅是知名文艺评论家,妥。为何前面冠以"粤派"两字?强调特色嘛。

她,土生土长的广州妹,20世纪80年代中毕业于暨南大学中文系后,留校任教。那时,她是"文青"一个,热情迸发,爱往文德路的省作家协会跑,用当下的话,"当志愿者"。当时,省作协办了一份《当代文坛》杂志,势头旺,发行量达数十万份。编辑伊始,高个潇洒,点子多多,率领一众人去北京路青年文化宫门口卖杂志。钟晓毅大喜随往。她个头小,嗓门脆,站在小板凳上吆喝:"卖啰卖啰,《当代文坛》刚出炉,新鲜滚热辣!"不消一个钟头,刊物一扫而光。钟晓毅对主编黄树森道:"老板，嗓子都喊得冒烟啦！"主编点头，奖励每人冰棍一条润喉。钟晓毅撇嘴："喂喂喂，老板，会不会'孤寒'点啊？！"

若说那时的钟晓毅还是位可爱的追文学梦的小姑娘，那么，将镜头拉至2016年春天，她已是广东省社会科学院文学研究所所长啦，大教授，著作等身，在文坛，虽说不能呼风唤雨，也有点发言权了。我们一行去粤西名城高州采风。那天，至百桥村"贡园"，内有几百株古荔树，最高寿的已有千年树龄。我对着一株苍劲叶茂的荔树仰望，兴致勃勃。我随意一句："哪位能上树？张梅，你人高腿长，上！"张梅不屑地："呸！摔死！"一旁的钟晓毅说："我可以上！"文友插嘴："晓毅，你也一把年纪了，别逞能啊！"钟晓毅笑言："女人不怕老，还有什么可怕的？"她卷裤腿，勒手袖，身轻如燕，嗖嗖几下，攀至树的半腰了。我惊叹："行了行了，别再上了，伤筋动骨一百天哪。"钟晓毅挥挥手："没事的，我坐在这儿稳稳的。"一旁的东北汉子，《广州文艺》主编鲍十，啧啧称道："钟晓毅，女才子，心气高，又淡定，广东才有的，广东才有的！"那天下午，我们跟高州的文友座谈。晚间，饭叙，正在热闹中，我与钟晓毅悄悄离席，去高州中学礼堂讲课。她先讲广东文学创作态势，接着我讲文学创作能力的培养。双双讲毕，已月上中天了。回宾馆路上，钟晓毅说："刚才与听众互动，时间太短，信息量大，让我们知道了基层的文学爱好者们最需要什么，很有收获啊。"我心想：钟晓毅真有一副文学的热心肠啊！

再说个热心肠的细节。

2018年,我受越秀区委宣传部委托,主编一本散文集《好嘢,北京路》。我致电钟晓毅:"请你出山,写一篇1万多字的关于广州北京路的散文……"我话没说完,她就答:"饶了我吧,我忙死了,我没三头六臂,你另请高明。"我说:"散文集共八章,其中一章,你写最合适,你一定喜欢!""不可能,别忽悠我!""你听我说完好不好?我请你写北京路百年老字号的前世今生!如屹立400年的老店致美斋,它出品的双璜生抽、添丁白醋、鲍鱼汁依然在花城老百姓的厨房里飘香;广州陈李济制药厂,是吉尼斯世界纪录最长寿药厂,挽救过无数人的生命;那太平馆,当年周恩来、邓颖超于新婚之际,曾在此设宴款待宾客。怎么样,很有写头吧。"钟晓毅不假思索回答:"粤味十足,喜欢喜欢,再忙我也写!"

就我所知,30多年来,钟晓毅书写的学术著作一部又一部:《走进这一方风景》《穿过林子便是海》《在南方的阅读》《粤小时论稿》《红尘有舞》10多部。她为广东文学鼓与呼的文章,为广东文学鸣锣开道的讲座,为文坛新朋老友写的书评,实在太多了,就不一一举例了。不过,有时候钟晓毅也挺"端"的,有的作者出了书,请她喝彩,她就是婉言相拒。茶叙时,有朋友问她为什么不写?她答:"为什么要写?!贱卖啊!"

她的一篇论文《城与人与时代命运的契合——关于章以武都市情怀书写》指出:

"他的作品无一例外均紧扣时代脉搏,介入社会焦点,捕捉流行风尚,以细腻而又灵动的艺术创作手法,还原新鲜热辣的生活一线,彰显当代人的创新意识与文化追求……

"《雅马哈鱼档》冷不丁地居然为商界中人——商界中又算得上最底层的,最微不足道的人——个体户作传,后来者才领略到了它的前瞻性,实验性与经验性……

"在别的作家对都市景观、市井生活还感到不知所措,宁愿到'小鲍庄''大刘庄'寻找自己的艺术感觉,或猛然闯入'大林莽'去领略人类困境,品悟人生真谛,或兴冲冲地到'远村'去挖掘'老井'以印证自己对民族文化的忧思时,他盯着一群街边仔、街边妹,记录下当时的一种背景、一些事件、一份情怀,在当时应算独一份吧……"

钟晓毅的评述,真知灼见,真让我茅塞顿开。其实,当初写《雅马哈鱼档》时,满大街出现了摆摊档的街边仔、街边妹,他们神采飞扬,生气勃发,又唱又笑,是新生事物啊。他们都是待业青年,有活干、有奔头、有钱赚,有了人的尊严又为国家分忧,实在太值得书写了,至于个体经济发展至民营经济,成为国民经济的半壁江山——这种"前瞻性",我当初哪有这个认识水平。钟晓毅一针见血地指出了它的价值所在。无疑,这对我的创作之路是很具指导意义的,几次重读她的这篇论文,我心怦怦然,心存感激!

友人调侃:"你与钟晓毅的关系很'铁',她为你的小说、影视《雅马哈鱼档》《南国有佳人》《情暖珠江》《爱的结构》,又是写论文,又是写评论。"

钟晓毅答得干脆:"因为章以武的作品有'粤派'才有的满满的'广味'嘛。合我心意,所以乐意评说。"

2021年6月30日

与著名书画家苏华对话

章：《五岭苍苍》赫赫然走进北京人民大会堂了,还有《苏华书法艺术》一书出版后,蜚声书坛,你被认为风姿卓立、个性鲜明、笔力雄强、气势磅礴。你有何感想?

苏：我感到紧张。我是一个循规蹈矩的女人。我很笨,对着一条滑溜溜的白鳝束手无策,只得活生生放进锅里蒸。我是一个不合格的潮州媳妇。不善言辞,缺少风情,只知九年面壁,可以整天不下楼、不说话,面对白纸,苦思冥想,然后饱蘸墨汁,纵横驰骋,尽情倾诉。

章：你是上得了奖台,进不了厨房啰。

苏：所以,作为妻子、母亲,我都不称职。

章：人说苏华上街,下巴微翘,目光扑闪,八字步潇洒,旁若无人,还爱跌跤,是吗?

苏：八字步会好看?上星期我又在北京路摔了一跤。我不像别的女人那么精灵,可以耳听八方、眼观六路。我只要心里揣摩一幅画,品味一幅字,我就会恍兮惚兮,脑子里全是构图、线条、色彩、圆圈、方块、点点，真没治！人说搞艺术的人在很多方面都很蠢，我信；人说搞艺术的人需要既复杂又单一，我信；人说搞艺术的人贵在走火入魔，我信！说个好笑的例子，前些日子，我去新疆写生归来，人老觉得不舒服，然而，我连续写了三天，画了三天，精神反倒振作了，没病痛了。我告诉丈夫林墉，他说你可以写篇小文章在《羊城晚报》介绍经验。

章：美术学院毕业的多着呢，真正被社会认同的"家"不多，尤其是女艺术家，你可以谈点耐人寻味的经历吗？

苏：可以。我从小就喜欢信手涂鸦。家境寒素，没钱买纸，好在瓦砾沙地到处都是，写得来神了，我会咯咯咯傻笑。有一次，我蹲在那里瞎涂，一老师站在我身后看，说：自古男人爱字画，女人爱珠宝。苏华，你颠倒了，你的字不错，练下去。有幸被他言中，这字、这画会紧紧纠缠我一生呢。

章：有意思。如今你喜欢珠宝吗？

苏：有一点，我是女人呀。在广州美术学院那几年，我又瘦又黑，眼睛大而无神，饿嘛。那时口袋里有两角钱就是大富翁了，舍不得买碗斋粉充饥。我爱跑纸店，白报纸、道林纸是不敢问津的，我只是买点纸头纸尾，回来裁整齐，装订成册，用来学画练字。我如痴如醉地临摹碑帖，柳公权、颜真卿、王羲之……我尤其喜欢怀素的狂草，觉得更贴自己的心境。

章：你给人印象绵善温和，娴静中透着痴劲儿，然而，你的巨型篇章却是每字逾尺，飞驰自如、雄豪俊逸，像出自有棱有角的男儿之手，怎解？

苏：哈哈，人这个高级动物太复杂了，复杂就复杂在人受环境制约而善变，会给自己弄点保护色。而艺术，是真诚自由的倾吐，在我的书画艺术作品中，你才会发现一个真实的苏华。

章：说得挺有哲理的，很有启发性。

苏：谢谢。女人更爱听表扬。

章：你是广东新会人，你从青青的葵林中走来。请说说你的书画是怎样承受岭南天地山川精灵之气的润泽？

苏：我是喝珠江水长大的。一个稻草垛，一座小茅寮，一条芭蕉基，一片绿鱼塘，都能引发我百般想象、万种情思。心物相通，眼前景变作心中景，心中情变成笔下形，于是，我有了自己头顶的艺术天空。

章：是的，金窝银窝不如家乡的草窝，你对广袤无垠的珠江三角洲的钟爱，特别能引起别人的共鸣，格外富有情怀。

苏：是的。可惜，如今青山流水"草窝"难觅。改革的春风，糖化了我的故乡。

章：艺术家讲究八面来风，讲究信息的超常组合，可以谈谈这方面的感受吗？

苏：人的思维活动，只有在与外部世界的频繁交往中，在各种信息相互碰撞时，才会变得更活跃、更开放、更灵悟，才能进入创造性思维的临界点，出好作品。有幸，我与我先生林墉三访巴基斯坦，也到过日本、泰国、新加坡等地，大大开阔了视野，丰富了创作的源泉。说一段我的散文给你听听——

啊，难忘的，美丽的巴基斯坦！伊斯兰堡玫瑰飘香，玛里山庄苹果花盛开，叮当的脚铃随着鲜艳的纱笼飘飘而过，慢悠悠的牛车裹着乌臼树的沙沙低语悠然而至，逶迤的驼队走到天尽头，清真寺的拱顶漫天扩开，茉莉花环套在我们的颈脖上，少女动人的眼睛闪着善意的祝福，漂亮的小胡子蕴蓄着满溢的友情。

章：很美。这富有异国情调的形象，在你们的画册中都惟妙惟肖地表现出来了。对了，你们苏家五姐弟，加上丈夫、女儿全是画家，命运之神对你们特别恩宠，给了每人一把智慧的金钥匙。这种现象可以解释一下吗？

苏：这确是有趣的现象。我们之间，情意深长、志同道合，想的是画，说的是画，作的是画，抬杠、拌嘴、叹息、喜悦的也是画。这样，我们就处在信息交流之中，我们不必孤芳自赏，而是共赏。在画与书法领域里，我们都是审美能手，能手与能手，手拉手，头碰头，就开发了我们美的智能了。

章：言之有理。你们这个艺术家族，产生了"对应共振"，产生了你追我赶的局面。作家与艺术家心中都有一束强烈的情感的阳光，可以漏一点吗？

苏：艺术家经常很孤独的。他们喜欢在自己心造的宇宙中遨游。写累了，画累了，就听一曲有点忧郁的歌。《友谊地久天长》中的两句我特爱哼，"我们曾经终日游荡在故乡的青山上，我们也曾历尽苦辛到处奔波流浪"。哼这歌，我的双眼会潮红。

人生苦短，有的镜头真令人难以忘却。

章：请给个镜头。

苏：噢，那是好多年前的事了。结婚多年了，买不起大床，咬咬牙，自己动手做。我跟出版社的岑桑等大兄长骑自行车去郊区买废木料。那木头横七竖八架在车尾，险哪！天黑，路窄，车多，踩一段，岑桑就要回头大声喊："苏华，你没事吧？"我捏紧车头答："没事没事，后边有林杭生保护我呢。"啊，一路喊，一路答，在五羊城郊外的晚上。

章：废木料运回家一定很开心。

苏：好开心啊！那真诚无间的友谊让人一辈子感动！

章：有人说苏华的字具有装饰性，所以抢眼，你怎么看？

苏：人世间，闲言碎语免不了，很正常。我深信我善将绘画的审美经验用于书法，却从来不曾把书法变成绘画。

章：平日里，你不喜欢什么样的人？

苏：我不喜欢浅薄的、嘴花花、逢人爱发乏味牢骚的人。倘若牢骚能发得似一篇杂文，那我爱听。

章：请说说业余爱好。

苏：过去爱游泳，现在爱跳舞，舞龄没超过一年。"快三""慢三"、华尔兹、探戈都会。对了，古人观公孙大娘舞剑，悟出草书的韵味，我从书法艺术中感知了交谊舞的奥秘，所以进步蛮快。当然，也出过洋相，后滚翻于舞厅，一拐一拐回到家，躺了两天。

章：可以说点家庭生活吗？

苏：哈哈，保护隐私就是保护天才嘛。

章：所以无可奉告？

苏：可以"贴士"一点。我丈夫是我的太阳，我母亲、我女儿是我的太阳，书画艺术是我的太阳！哦，教授，辛苦你了，我端一碗红豆沙给你尝尝。

1991年12月

游转于山水之间的卢锡铭

30年前,初冬,广州日照朗朗,簕杜鹃烂漫,我去黄金时代杂志社编辑部小坐,第一次见到卢锡铭。这是一位壮实面善、待人仁厚的男子汉,我俩一见如故,聊得很投机、很舒心。从此,他的朴实无华、淡定从容、彬彬有礼的模样,一直山清水明地留在我的心间,只要有闲,我就会趸足去他办公室坐坐,讨杯茶吃,我们成了"老友记"。

初见时他是杂志社的副总编辑,后来是教育出版社社长,再后来是出版集团副总经理,公务繁忙,干得出色。然业余也醉心于散文创作,写了几本散文集,其中《带走一盏渔火》,还获得全国"冰心散文奖",退休后依然初心不改。我曾道:"老弟,你老家东莞,那里生意兴隆,金鸡下金蛋,风生水起,对你没一点诱惑?你有点时间,偏偏东跑西颠,周游于大江南北的好山好水,写你的散文,看来很倜傥,也是十分磨人的呀。"他呵呵笑答:"我这个人命贱,没大本事,就是喜欢业余写点东西自娱。我身背相机,风里雨里到处钻,活得有滋有味,很知足。有时,确实累得像条流浪狗,晒得像个蜂窝煤,热得像只出炉烧鸭!"我听了哈哈大笑。我懂,卢老弟心里恋着一朵美丽的白莲花——散文!

近日,有幸读他即将出版的散文集《水云问渡》,好生喜欢:敬天、敬地、敬人,气势壮,格局大啊!

锡铭的散文,有着山水之间流转的神韵,很有特色。

一是富有人文情怀。

他深知这类写于山水间的散文,假如缺失自然与人文、历史与现实的交集,那就成了导游文章,格局就小了,品格就低了。读他的《最后的枕水人家》,不仅写了江南水乡乌镇迷人的湖光山色,更对乌镇的茅盾故居有着泼墨淋漓的书写,当我们脚踩乌镇青石板的小巷,眼前就会出现《子夜》《林家铺子》《春蚕》中人物的影子,耳边会响起他们的吴侬软语,心中会生发对这位文学家与革命家完美结合的茅盾先生的深深敬意。这种可贵的人文情怀,也就强烈地叩响着我们的灵魂。记得,我跟锡铭谈起过,我回故乡,必去西湖,每次到秋瑾墓前,就会泛起对这位"鉴湖女侠"的崇敬之情,她为西湖平添了豪气,平添了剑胆琴心,她以鲜血唤醒了那个时代!锡铭深有同感。他在《夜探零丁洋》中,怀着无比崇敬的心情书写了著名将领文天祥。当文天祥兵败被俘,押解船上,过零丁洋时,望着半江渔火,写下了千古绝唱《过零丁洋》:"……人生自古谁无死,留取丹心照汗青。"同时,锡铭在文中还热情歌颂了爱国名将林则徐。他说:"林则徐在被调离虎门前夕,曾登上当年他坐镇指挥销烟的大人山巅，向虎门的山山水水深情一瞥，然后策马扬鞭而去。至今，我们仿佛依然能听到马蹄声声啊。"锡铭就是怀着一腔爱国、爱乡、爱英雄的心情，抒写他的美文！散文，与其他文体比较，就是作者能非常直接地敞开心胸抒发对人物的认识与评价。他深谙此理，所以在多篇行文中，都深情地表达了对为历史做出贡献的人物的关爱与缅怀，向他们的奉献精神、骨气与尊严致敬。正因为散文中有了这样的人文关怀，才使得他的散文散发熠熠光芒，显得有分量，不一般！

二是有思想品格的支撑。

散文思想品格的高下，决定散文格调的高下。有的散文，通篇锦绣，漫天花雨，美是美了，但总觉轻飘了一点，不够厚实深邃，原因就在缺乏有力的思想支撑。

小说的思想力度是通过人物关系（即故事）与人物的命运来表达的；而散文大多是通过对客观事物的哲理思考与对生活的解释能力、判断能力形象地表达的。否则，写出来的作品似水过鸭背，缺乏艺术的生命力。所以写散文，思想的积累至关重要。而思想的积累并非空泛抽象，它涉及作者的学养——政治、经济、历史、艺术、地理、环保等众多学科知识。同时，作者还应具有比较丰富的人生阅历，才会有根底、有比较、有鉴别。只有这样，面对日新月异的变化中的新时代、新生活，面对山山水水与人文景观，作者才会心中有乾坤，才会长袖善舞，异想天开，于繁复的素材中筛选提炼，使思想的支撑融于散文的主旨、情节、灵气、情趣之中。《空谷佳人》，那是写贵州"十丈瀑布"景点的散文。锡铭独具慧眼，思想与智慧尽现。在此文中，他不仅仅描摹了大画家刘海粟所形容的"十丈瀑布"像一位美丽的"空谷佳人"，而且将可贵的历史碎片艺术地重新组合。他写到了"四渡赤水"，写到了明代永乐年间采伐楠木的故事，写到了时代的嬗变，写到了生态环境，写到了自然保护区里的珍稀动植物。作者的神来之笔，使这位"空谷佳人"惊艳四方，让人顶礼膜拜！伟大祖国处处有胜景，让人无比向往与热爱。《丹顶鹤的故乡》是一篇环保散文。丹顶鹤是国家重点保护的稀有动物。锡铭告诉读者丹顶鹤的种种知识性和趣味性的细节：它神态优雅，喜欢单腿独立，飞行时速40千米，飞行高度5400米等。作者还告诉我们丹顶鹤的显赫历史：明清时，它是清正高德的象征，只有一品文官，朝廷才赐予绣有丹顶鹤的官服。在民间，丹顶鹤更是幸福吉祥的符号！这么一来，这篇散文的思想内涵就丰富了。同时，锡铭热情虔诚地歌颂了一位23岁的姑娘徐秀娟，她爱丹顶鹤如命，为了挽救一只遇险的丹顶鹤，献出了年轻宝贵的生命！她是锡铭脑海中的环保英雄啊！在《水酿的童话》等许多篇章里，我们同样能看到闪烁着的时代精神，有着他心灵体验与感情的书写！

三是在别人司空见惯的东西上发现美。

我喜欢读散文，锡铭爱读又爱写散文，所以我俩时不时品茶聊聊散文之精妙。他说：旅途中，遇到别人认为司空见惯的东西，我却发现了它独特的魅力，就会有如获至宝的感觉。我点头让他说下去。锡铭道:"五台山,佛教圣地,也是佛教文化珍藏之地,我多次前往。有一次,在山上小憩,一位小姑娘上前道:'买只雀放生吧。'这时,一旁老尼说:'施主,不可!你买了一只,小姑娘又会去抓一只,她小小年纪就会心萌贪念,而且也很不环保!'此话有理。我正在犹豫,那小姑娘不声不吭,主动打开雀笼,那雀儿唰啦一声,飞向参天古树的枝头了。当时见到这样的场景,我十分感动,心中默念:飞翔吧!吉祥之鸟,愿世上都是净土,都是自由的空间。后来,我就从这个细节展开,写了一篇《点亮心灯》。"鸟儿放生,很寻常,在他笔下就开掘出新意,发人深省。所以,作者发现一个有意思的细节,往往这篇散文就成功一大半了。我道:"我也讲一个细节。有一次,我去《花城》杂志编辑部小坐,主编田瑛问我:'教授,你喜欢喝什么茶?'我答:'潮州的凤凰单丛。'田瑛在满柜的茶罐里找,踮脚、昂首、躬身、下蹲,就是不见凤凰单丛的影子。田瑛不甘心,道:'教授,你等等,我去别的办公室瞧瞧。'我好受感动:'不用啦,我已喝到人间最清香的茶啦。'从这个平常的细节里,我明白了田瑛为什么总能组到好稿。因为编者与作者,你有心来我有意嘛。"锡铭听了说:"教授,这个细节很动人,也有画面感。很美!你很敏感呵。"作者在日常生活中会遇到无数的细节,但我们要捕捉的、要发现的必须是精彩而又活脱的,是所想写的与主题有关的细节。那么,怎样才能抓到好细节呢,这与人的禀赋、对生活的热爱、人生的阅历、学养的深浅以及当时所处的客观环境有密切关联。同时，要善于将生活中容易被人们忽略的、具有冲击力的细节，一把拽出来，放在一个显要的位置重墨浓彩地写。这就是散文作者的本事，锡铭就具有这样的本事、这样的才华。他在《烟花三月》中，除了写"烟花三月下扬州"的美景外，还写了历史文化名城与诗人的关系，以及"扬州炒饭"与"扬州修脚"。但留给我印象最深的细节是"瘦西湖"名称的由来。原来，闻名遐迩的"瘦西湖"是位小家碧玉，它只是一条长长弯弯细细的护城河。一位鸿儒灵机一动给它起了芳名"瘦西湖"，一经与大名鼎鼎的西湖沾了边，挂了钩，就声名大振啦。这鸿儒功德无量哩。瘦西湖的一泓水，宛如锦带，确有一番清丽神韵。这瘦西湖的名称由来很发人深省，尤其在市场经济百舸争流的形势下，更是蕴含着很妙的启迪，做传媒的、做广告的，都该活学活用。锡铭真是散文高手，将这个细节拎出来"示众"、放大，好有"心机"。

读者有闲工夫请翻翻这本散文集吧，读了之后你心中会有山水阳光的。这篇短文，我无法面面俱到，只能抽几篇来说事。

锡铭的脚板像抹了油，如今仍在省内省外、大江南北和俄罗斯、非洲东跑西跑，仍是一往情深地痴迷着他心中的情人——白莲花！愿他的散文像一支支林中响箭，发出清脆悦耳的声音，响彻神州大地！

2017年12月

杂家江冰

10年前,我参加广东省作协的研讨会,江冰进入,我眼睛一亮:温润如玉,风度翩翩,笑口盈盈。何方人士?旁边友人告知,他是广东商学院(现广东财经大学)人文与传播学院副院长,也是过50岁的人了。我思忖,多少岁不重要,看起来多少岁很重要。

后来,江冰的各种信息频频传来。

"这座城,把所有的人都变成广州人!"

金句!

江冰是"外来客",在江西有"文坛三剑客"之称。他对广州如此深情!将广州的开放、包容、强大,概括得这般贴切形象!

后来又知晓,他是中国小说学会副秘书长,也是多类评奖的评委。他对广东的作家情有独钟。对支撑广州文学半边天的女作家张欣的小说,他热情推介;对有"深圳叙事野心"的小说家吴君的作品精准褒扬;对低调美丽的女诗人陈美华的诗甚是惊叹;对粤派批评领头羊陈桥生的学术著作《唐前岭南文明的进程》发表意见，那是开拓了岭南文化研究的新边疆啊。江冰的评论口味宽而杂，东辣西酸皆有兴趣，都能共鸣。最近他的新书散文随笔《老码头，流转千年这座城》可佐证。

因天赋异禀吧，江冰口才一流，出口成章，当然离不开文化视野的宽广。中外名著、地域文化、书画神韵、酒仙茶道、青砖黛瓦、唱咏声线，林林总总，都能说得头头是道，抵达人的心间！为此请他做各种讲座的络绎不绝，如各地作协、社科联、图书馆、大讲堂、文学下基层活动等等。为何如此受青睐？名声在外，滚雪球，杂得亲切。还有什么诀窍？有！

读厚厚的书，跟你说浅浅的话！真功夫。

江冰红尘练心，修行不在庙里，而在民间的日常世俗里。不是吗？江冰是美食家，不仅为口福，更是为把粤文化的精粹之一——美食介绍给大众。客家酿豆腐、东江盐焗鸡、潮汕香煎蚝仔烙、冷冻剥皮牛、广州"银记"肠粉、干炒牛河、芝士焗龙虾、鸡枞菌蒸排骨，听了都让人齿颊留香。江冰深知人生就是各种感觉的寻觅。他对美食的兴趣注入使命感了。食在广州，可缓缓归矣！

在广东文坛，小说高手、散文大家、学术精英，多矣，尤其诗坛兴旺发达，诗人多得都做成自己屋子里的君主了，开心就好啊。然，一年四季总在风里跑，讲心不讲金，眼观六路，热烈拥抱生活，段位高级的杂家，少之又少。江冰是一个！该赞赞啰。

2019年10月

"横冲直撞"的吴君

20多年前,有一位清俊的北方妹,秀发向后梳去,绾成马尾,在深圳宝安的乡镇、村落奔波。她对着醒目的大标语"时间就是金钱,效率就是生命"出神。谁也没料到,这个妹仔的心里会发酵着"深圳叙事的野心"。于是,血脉偾张,长篇、中篇、短篇,一个个与读者见面了,《亲爱的深圳》《皇后大道》《华强北》《十七英里》,刊登在《人民文学》《小说选刊》《新华文摘》等国内一流文学杂志上面,在银幕、荧屏上也出现了她的作品。

何方人氏?竟在文坛横冲直撞好不凶猛,且行文刀刀见血!她就是吴君,一个行事低调,平时讷言,眉宇间透着几分腼腆的女子!最近她的长篇小说《万福》刚出世就获赞声一片,绝非无缘无故的。

《万福》,好土好吉祥的书名!说的是深圳宝安万福村,40年前村里原住民潘氏一家,离家去香港郊区屯门一带讨生活的故事,那时在村民心中去香港才是改变命运的途径。白云苍狗,如今深圳成了一颗世人瞩目的耀眼明珠，万福村也变得富裕。那里的年轻仔，双目闪亮，口吐不咸不淡的"官话"，很有经国济世的宏图大略。于是潘家三代人在异地经历了伤筋动骨之后，纷纷走上了回家路，这条路走了40年！连80岁高龄的潘宝顺老太太也是日日夜夜乡愁绵绵，火烧眉毛，急着要回万福村，吃口大盆菜，闻闻家乡烟火味。吴君通过对潘家三代人的爱恨情仇、心灵秘史的书写，支撑起一个家国的宏大叙事。这是一曲深圳改革开放40年的颂歌！

《万福》这部长篇的题材颇耐人寻味。它既没有深圳造桥修路高科技发展的重大事件，也没有香艳诱人、欺世盗名、做发财梦做成囚徒的跌宕怪异，写的全是潘氏一家子纠结的日常，全是普通村民恩恩怨怨、是是非非的情感生活，以及这一家人从宝安福田村至香港屯门的来来回回的心路历程。然而，骨子里表达的却是家国命运的重大主题。这对一个作家来说，需要多少深厚卓越的艺术功底才能驾驭？一个重大题材如何处理，这特别考验一个作家的智慧与才华！

究竟里头有什么样的文学创作诀窍？当然这与吴君具有文学创作的天赋是分不开的，但更重要的是肯下笨功夫。她告诉我，她很羡慕别人会"先锋"、会"先验"，她只会先吃透深圳之所以成为深圳的缘由，一个作家的思想境界太重要了，否则就是黑夜里的黑牛。她家在宝安西乡，双脚天天踩宝安那片热土，这是她的优势。她当过记者，在宝安区社保局干过10多年，熟悉这里的村民们的喜怒哀乐。在她的电脑里、笔记本中，贮藏着形形色色的宝安人的故事,这些文字的记载都是鲜活的,有生命的,会笑、会哭、会喊、会叫,会与她交谈的。她说,他们会突然在夜阑更深时来到她的床沿、梦里,对她说,你写啊,还没动笔啊。憋不住了,她会一骨碌爬起来敲电脑键盘!

吴君告诉我,为了写《万福》,她去宝安西乡与村民交朋友,她也去香港屯门体验那里底层人的生活。她开始下去交友时难度极大,人家把作家看成怪物,看成来者不善,有什么不可告人的企图。是吴君的执着与厚脸皮感动了被访者,不过开头几次,对方说的尽是干枯的套话。精诚所至,金石为开。有的年轻文友希望吴君谈点创作过程中的"秘密武器",吴君答:笨功夫最管用!她为长篇小说里的人物一个一个写小传,他(她)的音容笑貌,他(她)的性格特征、典型细节、命运归宿,都要像青葱拌豆腐般清清楚楚。对这些人物的小传尽量做到纤毫毕现,细腻逼真,甚至香云纱衫在风里的窸窣响声,都听得见。这样,编故事、设置人物关系就好办了。吴君是把这些人物统统堵在一个特定空间里,前后出口堵死,让他们像黑狗白狗黄狗、大狗中狗小狗一样在里边咬!咬出人物性格,咬出故事情节。

这部长篇还有一个特色,就是用了不少约定俗成的粤方言,不知是否受了用沪方言写就的《繁花》的启迪。不过吴君运用粤方言很到位,既透出浓浓的粤味芳香,又看得懂,看得明,不会有隔阂,颇亲切。

2019年11月3日

你脸上，有诗意的光

陈美华是一位娴静雅致、长发披肩、耳钉闪着微微银光的美丽女诗人，也是一位气定神闲、默默做事的文艺副刊编辑。我喜欢读诗，虽然不是诗评家，但有缘认识了她。于是，在一个月无聊、风爽人的夏夜，读到了她的诗集《你许我的未来呢》，写得那么精粹、那么牵动人的情怀，于是忍不住拿起笔，写下我的所思所感。

美华给人的印象是低调、温润、谦逊、不张扬。饭局中，不免调侃，她半低头，脸上浮起羞涩的红云。她的一颦一笑、一举手一投足总是那么规范得体，不逾矩，似乎在给天下的女生做示范。然，她的诗却饱含着强烈的情感和心灵恣肆的倾诉，无论是直白的还是象征隐喻的，都是从她人生的沃土中提炼出来的。美华的诗总是把强烈的爱情放在高岸深谷的激流里撞击，从而掀动人们的心灵之波。她的《你许我的未来呢》就是用自己的泪水浸泡过的、凄美的人生故事，将情感的内核融入一词一句以及一个又一个的细节之中，让人深切地感受到茫茫人海里两性间的精神感召与灵魂共鸣,以及对爱情生死不渝的希冀!读来让人怦然心动,让人心痛,让人怜爱,让人感慨不已,于是,我们就有了一种超越诗人个人情愫的人生的感悟与对当下身边爱情的珍惜。

　　……那么,你许我的未来呢
　　当相濡以沫的白发在晚风中交织
　　携手看落日黄昏的温馨
　　将洗去时间的忧伤
　　你抬起不再年轻的手
　　拂去我脸庞的发丝
　　那俯首凝视的温存
　　会是我今生最后的记忆
　　你许我的未来呢

　　世上,谁人不渴望爱与被爱。诗人没有停留在"过往",而是期待未来,笃信"愿得一心人,白头不相离"的爱情到来。在《重逢》里,没有天雷勾动地火的死去活来的咏唱,只有浪漫诗性的期待与抒发,而这是无数人心底的歌啊,好像就在耳边,听到花开的声音:

　　…………
　　重逢 是兑现一个千年的承诺

当烟花争相点缀深蓝的夜空
月亮转过头去
星星藏起它的光芒
世界便悄然隐退
或许 终其一生
就是为了一次又一次地
与你重逢

  美华总是把丰沛的感情,放在大时代的节点上进行淬炼,从而使她的诗有了深度和张力,同时也捕获了人心。一只"父亲的青花瓷",碎了,补了,为何那么令人惋惜、令人痛楚、令人唏嘘不已?

············
青花瓷是遭逢浩劫的红粉佳人
躲得过薄情汉子负心人
躲不过战火纷飞无情棒
当狂飙掠过九州之上
优雅无立身之地
在一阵脆亮的碎裂声中
一些无知的欲望被满足
一些正直的心被撕裂

诗人以悲愤形象的诗句，以青花瓷为切口，让我们目睹，在那荒唐得匪夷所思的岁月里，当人们失去了良知、当人性泯灭殆尽时，暴虐是怎样毁灭文明的，恐怖是怎样窒息心灵的，乌云是怎样压在人们头顶的！而荒芜斑驳的"祖屋"为何那么堵心，让人久久地徘徊于青石板的小巷深处，长吁短叹：

…………
满月的拱门该有簪花少女在聊天吧
八角井边该有美艳的少妇在打水吧
青麻石条凳上该有孩童在嬉戏吧
小楼的花窗该传出爷爷诵读《诗经》的声音吧
如果不是战争　天灾　人祸
这儿该结出更多缱绻的果实吧

从中，我们可以听到诗人对历史的参悟、对文化的忧虑、对人文良知的领悟。诗人深邃的目光还放眼当下，即便是丽江采风之行，听到了"纳西古乐"的鸣奏，联想到的也是：

…………
谁人识得工尺谱
谁人能奏"水龙吟"
老乐师们美髯飘飘　以十面云锣

敲出一江风月

将曲项琵琶弹出步步娇媚

对生命的歌咏

如玉龙山泉浸润　冲击

顽石也为之酥软

…………

　　诗人并没有仅仅局限于对古乐的诗意描绘，笔锋一转，却对唐、宋、元朝的乐曲能在纳西人中得以传承感到额手称庆，同时觉得：

这个世界病得不轻

纳西古乐就如一帖清凉剂

敲世人一记

以迟到的警醒

　　这一记敲在现实生活中，就是敲在心灵麻木、只知灯红酒绿的众生头上啊。这一记，使诗的光华照亮了读者的心灵，诗的境界也随之显得高远起来。美华的诗总是把清灵的情感，放在日常的典型的细节中，慧心巧意地描摹抒写，那么轻灵、那么接地气。就像在你耳边轻轻絮语，如冬日暖阳般舒坦。无论是耳环、口红、香云纱，还是窗棂、碎花围巾、那年的长裙，她都能独具慧眼，信手拈来，用诗化的语言、女性的细腻，擢升出它们飘逸独特的神韵与优美可亲的旋律，挥洒出生命的激情。你听到杜丽娘翩翩起舞时，裙裾掠过爱情花瓣的声音吗？那是香云纱；你听见男人气宇轩昂、神气活现的朗朗笑声吗？那是香云纱！多么美丽、多么富有时代气息、多么动人的画面：

…………

那时春光正好

杜丽娘正上演游园惊梦

衣衫窸窣　裙裾掠过爱情的花瓣

遗落满地芬芳

太湖石下

柳梦梅正拾起梦中人的画像

那是用香云纱绘就的画像吗

历经三载仍朱颜不改

你曾乘着各国的商船和驼队

沿丝绸之路

络绎不绝奔赴西亚和欧洲

携着古老王朝的阳光

你装点了海内外无数女子的梦

也将今日大国的气度

远播四海五洲

你见过两颗饱满的湖水吗?那是绿松石耳环。诗人不只是表面形似的描绘,还抒写得既有历史的纵深感,又富有传奇的色彩:

　　…………
　　她来自遥远的西藏
　　那个奔腾着羚羊和牦牛的
　　荒漠高原
　　它们记得这小小的石头
　　曾经在天与地之间　碰撞　诞生
　　点缀了一茬茬
　　藏族女儿的青葱岁月
　　这是它命中注定
　　…………
　　攥紧手心　我感觉到一种思念
　　一种来自绿松石之间
　　的强烈思念　如同孪生的姊妹
　　终日形影不离　命运
　　却把她们活活拆散
　　…………

这就是诗意的爆发力!诗人从凡人小事里、从一枚小小的耳环里腾飞出如此不凡的想象，非得有举重若轻的功力才能做到。类似的例子在这本诗集里随处可见，不胜枚举。

  若说美华的诗是雾霾里的金子，过头了；若说美华的诗似她的耳钉，闪着微微的银光，说低了。但我想这符合她为人低调、不事张扬的做派。她在一个充满诗意的世界里，悠然地发着自己的光，不经意间照亮了自己，也照亮了别人。当你随意翻阅这本诗集，你会听到这位花城女诗人怦然跃动的心声。

2018年8月

情痴

1985年1月，北京电影学院的大课室里，制片班的大学生们怀着兴奋而又好奇的心情等待着珠江电影制片厂的"大能人"前来讲学。系主任在课前已说过："制片班的同学，没听过这个'大能人'的课就不算毕业！"多高的评价，多吓人！这个"大能人"究竟"能"到什么程度？倒要刮目相看了。要知道，在座的也不是等闲之辈，有关制片的甜甜酸酸苦苦，可谓知根知底呢！不过，有一点让在座的个个心中都不无惊讶：他，徐康，只当了3年制片主任，制作的影片《乡情》获"百花奖"，《乡音》获"金鸡奖"，还有"鲁迅文艺奖""文化部奖"等，总共囊括了6个奖！《乡音》摄制组是全国第一个搞电影经济与质量承包的摄制组，以39万元承包，31万元就拿下来，而片子的质量却是有目共睹的！

徐康与陪同者一道，步履快捷、谈笑风生地走进课室了。他在一片掌声中，摸着光秃的脑袋，摸着刮得光洁的下巴，以浓重的东北口音开腔了："我确实好紧张，一看到诸位，嘴上就没词儿了。"台下,响起一阵笑声。有人悄悄说:"这老小子'命苦',跟我们一样,长年累月风里雨里的,这额头上爬着的梯子,瞧瞧!"

没错,当制片主任确实是苦差事,而且默默无闻。观众看完电影之后,把心中的鲜花都献给了导演、演员。然而,制片主任却是拍摄影片的组织者与领导者,是厂长的全权代表!为了肯定"制片"的劳动价值,在银幕上,他们的名字占一个画格,住"单间",这"单间房"却很不好住!

有本事

徐康讲课的题目是"制片主任与制片"。同学们发现,他虽然像模像样地戴上老花镜,手指头时不时地搓着那沓厚厚的讲稿,但双眼始终没瞄过它。仿佛那讲稿是存心用来摆样子的!然而,在座的每一个同学的神经好像全让他的滚烫热辣的例子、精辟独到的分析给吸引住了。

《乡音》准备开拍时,原来选定的扮演陶春的演员因故不能来了。这对电影界瞩目的、全国第一个实行承包的摄制组来说,真是晴天霹雳!要知道,队伍拉出来了40多人,停机等待一天是什么代价!再节省,也得每天白扔出去2000元哪!从厂里演员剧团找一个? 就近的话剧团去借一个?从经济账角度看,是可行的。时间越耽误得少,开支就越节省,到头来大家的奖金也就越有着落！倘若上海、北京满天飞，去物色"最佳角色"，再快也得20多天！怎么办？那钱花得起吗？导演胡柄榴素有"儒将"风度，此时此刻也只得望着摄影机兴叹了！徐康也是心急如焚，牙火也上来了，一连喝了两天的稀粥。不过用他的话说："这时候我得装，装得像没事一样！假如我也咋呼，这不就乱套了！"他饮了两口酽茶，斩钉截铁地说道："承包是手段，拍出好片子才是目的！别看我是铁公鸡，一毛不拔，该拔的就要拔。飞，飞出去，非找个理想的'陶春'回来不可！"终于，在北京，把《乡音》中善良、温顺的"小媳妇"给找到了！事实证明，这位"小媳妇"对影片的成功真是举足轻重的呀！

行内人都知道，制片主任与导演，既是密友，又是"冤家"。大凡干制片的，脑子里都装满了拍摄的周期、胶卷的损耗，钱眼上的事考虑得多。而导演呢，要从艺术规律出发，考虑外景的选择、演员的挑选、镜头的重拍等等。这样一来，少不了钱像水一样地往外流！于是双方难免要扯皮、顶撞，脸红脖子粗。而徐康却能与导演拍档，尊重艺术规律，实在难得！

敢花钱，保证艺术质量，恐怕不算太难；难就难在低成本、短周期、高质量，这才是制片主任的本事！

太风流

鄱阳湖畔，烟波浩渺，白帆点点。一帮奇特的客人，有穿太空楼的,有着风衣的,有披军大衣的,迎着1981年早春刺骨的寒风,对着那两条停泊在湖里的锃亮小船,在那里争论、比画、瑟缩。徐康摸了摸头发稀疏的脑门,把烟头一扔,闷声不响,脱下大衣、羊毛衫、呢裤,扑通一声,蹚下水去。

这是无声的命令,岸上的人像饺子下锅似的跳入水中。演员上船了,按照导演的要求进入角色。导演、摄影师登上了紧挨着的另一条船,大声地喊着,比画着各种手势:推、拉、摇、移,浪花飞溅在他们绯红而又兴奋的脸上。

两条船乖乖地按照拍摄规定的路线,不偏不斜,徐徐前进。胡柄榴站立船头,神色严峻,不时地伸长脖子瞧瞧在船舷边冲撞的、咕咕作响的浑黄的水涡。徐康大半个身子浸在水里,脸上全是水花,双眼眯成一条线,沉稳而又从容地把船儿往前推。

王进忍不住了:"喂,老徐头,上岸取取暖!"

"别废话,盯住机子把片拍好,这里没你们的事!"老徐一句话顶了回去。胡柄榴无可奈何地摇摇头。一阵江风卷来,他缩了缩脖子,弯下身子,把一壶壶装在军用水壶里的"大曲"递给"水中人"。老徐头打开瓶盖吞了两口,手臂一扬:"大家都喝几口,喝几口。"一个小年轻发起快乐的牢骚:"真是够受!人说拍电影是风流活,也太风流了,个个成了鄱阳湖里的野鸭子!"

水里溅起一片笑语、浪花!船,徐徐前进,拍摄在继续。

荣获电影百花奖的《乡情》中的几个镜头就是这样产生的。

当然，在那风光旖旎、水天一色的画面上，找不到推船者不太雅观的形象。

当晚，鄱阳湖畔，月光如水。简陋的乡间小屋里，支委们"围攻"他们的制片主任。

"老徐头，研究好的，下水名单明明没有你！"

"组里有的是壮小伙嘛！"

徐康咧着缺了半只门牙的嘴笑笑，乖得像只绵羊。半晌，他摸了摸光溜溜的圆脑袋说："哎，红脸黑脸全让你们唱了！当着厂长孙长城的面，你们说徐康行，徐康行，是你们把我推到台前的。遇上真刀真枪了，我能往回缩吗？"

灼灼的眼神相望，个个成了哑巴，还能说什么呢？导演王进心里明白，这一带就是电影《枯木逢春》里说的犯血吸虫病的地区，虽然如今瘟神已"纸船明烛照天烧"，而且老徐头打前站，去过县卫生防疫部门调查清楚，但事到临头，大家心中不会没一点疙瘩。可这种时候，他能不第一个跳下水吗？王进由衷地佩服这个老兵——1948年，从长白山冰天雪地里吹着嘹亮的军号一直吹到南海之滨的老兵！

这时候，门吱呀一声，剧务小李探进脑袋，皱皱鼻子，做了个怪相。老徐头心领神会："怎么样，会开到这里，做风流和尚吃狗肉去吧！"

…………

好浪漫

让我们把镜头移向山明水秀的粤北阳山县境内,这里正在开拍电影《乡音》。还是拍《乡情》的原班人马。

夏夜,凉风习习,星星眨眼,蛙鸣虫吟。借着朦朦的月色,你会发现江边的老柳树下蹲着两个人,草帽盖着脑门,身上裹着旧军装,烟一支一支地烧着,双眼紧盯黑黝黝的江面,让人联想到身负特殊使命的侦察兵。啊哈,让你说对一半了,他们确实是在侦察,不过他们侦察的是上游下来的电船拖着的木排!影片《乡音》里需要这样一组镜头。伤脑筋的是时间要求十分苛刻:这木排必须在半夜3点在这儿的江面上出现,然后,立刻跨上自行车,飞也似的蹬10多公里路,来到下游的拍摄点,通知大家进入"阵地"。而木排到达拍摄点的时间,应该刚巧是晨鸡报晓、霞光万道的早晨。行话叫作"抢镜头"。

在远方的江面上,隐隐出现了一星、两星闪烁的火光,接着火光渐渐清晰、明亮,传来深沉的马达的轰鸣。

"快,上车!"老徐头下命令。

当他们大汗淋淋蹬车回到招待所门口时,老徐头拍拍剧务小李肩膀:"没你的事了,去睡一觉!别吵醒大家!"

老徐头看看表,还不到5点。他蹑手蹑脚地进了房间,轻轻地拍醒导演、摄像,压低嗓门:"伙计,来了,来了!"胡柄榴一骨碌从床上坐起来:"是吗?快叫醒大家!""等等,再等10

分钟还来得及,让那帮后生仔再睡一会儿吧!"

时针指向5点半,东方,青灰色的天际,绽开了一条缝隙,金色的霞光从云层里射出来,不一会儿,流金一般地从四面渗开,一片光华灿烂。浩浩荡荡的木排,挟着浩荡的东南风压过来了,摄影机开动了。老徐头歪着脖子靠着江边的老榕树打呼噜,任蚂蚁在他沾满黄泥巴的小腿上爬着。同志们走过他身边时脚步举得轻轻。管道具的老黄心疼地骂道:"你够浪漫,到江边睡大觉来了!真该把你累死!"说着,他把身上披的衬衣搭在他的肚子上。他心疼老徐头!允许我在这里插叙一笔。老黄在珠影厂以制作道具逼真、功夫精细闻名,不过就是牛脾气不好对付。制片主任们又喜欢他,又怕他三分。然而,在老徐头手下,拍了《乡情》又拍《乡音》,"死赖"着不走,一次牛脾气也没发作过,可谓相生相克,一物治一物哩。在拍摄《乡音》时,急需一篮番薯做道具,一时寻觅不到,急死人。老黄蹬上自行车,一个村一个村地去找,在远离摄制组驻地60里外的一块已挖过的番薯地里,硬是一锄头一锄头地刨出几斤来。老徐头见了番薯,双眼发亮,猛地给了一拳:"你这老小子立了大功!"事后,有人笑老黄:"你真卖命!"他说:"这徐大主任叫干的不干好不行,心里过不去,对不住他那碗肉粥!"说起肉粥,事情简单又不简单。有几天,他闹胃病,老徐头看在眼里,叫伙房给他煲了三天肉粥。老黄手端热腾腾的粥,双眼潮红,亲昵地骂道:"你比我老婆还细心!我服了你了!"

真痴情

制片主任一定要懂得电影艺术的规律，他绝不是"打杂"的总管！徐康深谙此理。胡柄榴说："老徐头，有你在，我拍片就定心！"王进说："老徐头，你简直是个导演人才！"这绝非夸张。他能看总谱，会指挥一个乐队。这不奇怪，当年华南歌舞团的乐队队长嘛。他会选外景，连摄像都服。他善于物色演员，《乡音》中的女主角陶春的扮演者张伟欣就是他与胡柄榴飞到北京物色到的。他还会选剧本，《雅马哈鱼档》是他第一个发现并推荐给王进的（当时王进已调任文学部主任）。他天资过人？不，半路出家，无师自通。可贵的是他对电影事业有一股痴劲！他戴起老花镜，潜心专一也啃《电影艺术》《电影创作漫谈》《一个导演的手记》《美学》。用他的话是，"千方百计地'触电'"。有一次，他在家里看电视，荧屏上正播映《从奴隶到将军》，两个儿子说看过了，要改频道。他不干，眼一瞪，大声喝道："你们都给我走！"干脆，把电视机搬进自己房间，门砰地一关，一人"独看"。

门外老大说："爸爸独裁！"老二说："爸爸神经搭错线，旧片看个没完！"贤惠的妻子小危说："孩子，要谅解爸爸，他是半路出家，他在业务进修！"不一会儿，房间里的老徐头突然兴奋地喊道："小危，你们都进来，快进来！"

小危匆匆进了房间，大儿子军军则倚在门边站着。老徐头激动地道:"瞧,这镜头多抓人!这两口子跳舞这段戏多棒,镜头摇得好,把情、把气氛全拍出来了!"

站在门口的大儿子撇撇嘴:"我可没情,也没气氛,全让爸爸给骂跑了!"

老徐头转过头来向儿子友好地挤挤眼:"对不起,儿子!爸爸急呀,爸爸51岁啦,这辈子就想拍几部好片子!"

小儿子毛毛坐在客厅里,听了挺感动,进来拍拍爸爸的肩膀:"可爱的老头,你要赏赏你的小儿子!"说着,从抽屉里拿出几份报刊剪贴。上边全是影视新秀,俊男美女!原来,徐康为了掌握全国各地的演员信息,动员全家,能剪就剪,不能剪就买,广泛搜集各种演员的剧照,以备"上戏"选演员之用。有一次,他到一位老战友家做客,发现挂历上有几张剧照,就悄悄地溜回家里,取了相机来拍摄,害得大家干等了他大半个钟头才开饭!妻子数落他:"你这人真没治!"他听了却乐滋滋。

小危告诉我,老徐头这次去北京讲学,临上飞机时抱歉地对她说:"回来,一定陪你逛一次南方大厦洞天商场!"我说:"老徐决心将功补过!"小危鼻子哼了哼:"你才信他呢!他呀,卖给珠影厂啦!"

知夫莫若妻,妻子的话说到点子上啦。

1986年1月

雨纯与他的《天地男儿》

去年，正是春雨潇潇木棉盛开时节，你一头钻进深圳南岭村体验生活去了。你告诉我那里有个奇人，是位"村官"，叫张伟基，太值得写了。你告诉我你正在紧锣密鼓地采访，六分跑，三分想，一分写，正在跑哪。雨纯，你心我知，你是那么眷恋你脚下的热土，你是那么爱描绘锦绣山河的父老乡亲！因为你就是生于斯长于斯的地地道道的深圳宝安土著啊。因此，你是多么热衷于讴歌深圳特区。雨纯，你的新时期报告文学系列《深圳飞鸿》《坂田巨变》《绿色是永恒的记忆》《正是龙腾虎跃时》《文明王国的诗篇》，无不记录着黄尘滚滚中理想旗帜的高扬、热血飞迸的征程，无不明证着你丰富的生活积累与对纷繁事物的独特感受和把握，无不反映着属于你自己的独具个性的人生壮丽的瀑布。在思想、生活、技巧都有充足准备的情况下，你来到南岭，你当然长袖善舞啦。你眼尖耳灵脚下生风，特别能思考，特别能发现生活中的珍珠美玉。你从一张发黄的打工仔春节的菜单上感受到来自张伟基心海的爱的指令；你从张伟基文件夹里一张张南岭中学生好成绩单上，发现这位"村官"对学子的关怀和对百年树人的热切希望；你从推平马坑山，将祖先的遗骨重新安置，把这里建成工业区这件事上，感受到这个小村移风易俗精神圣战的巨大力量。一个作家，到生活中摸爬滚打不难，难的是要善于感悟生活，洞察生活，发现生活中不被人注意的、忽略的、蒙了一层灰的宝贝，而且能够将它擦得锃亮。这就考验人了，考思想深度、情感浓度、技巧高度。从这个角度看，这部长篇是很够度数的，你把活脱脱的一个洗脚上田的南方农民，如何在千年一遇的历史性嬗变中成为天地男儿的生命历程，形象鲜明而又感人肺腑地展现在我们的面前了。

  雨纯，你问我读完这部作品的总体感觉如何。告诉你，我的心是怦怦然的，好不感动，我被张伟基的形象迷住了。南岭所发生的一切是一个现代中国农村的真实的神话，一个体现着智者的勇气与胆略、挑战与奋进、追求与创造的神话，一个糅合着大鹏湾水的奔腾、梧桐山的风骨、木棉花的热烈，给人以思索、激情、兴奋的神话！最可贵的是，你不是在一般意义上为我们报告了一位强者、一位开拓者、一个好"村官"、一个在市场经济改革浪谷中的搏击者，你是将张伟基放在20年深圳发生天翻地覆历史变革的大背景中去表现的。从张伟基的身上闪射出的震撼人心的人格力量与人格魅力，无疑代表着一定历史时期里我们时代发展的方向。在最先沐浴现代风的沿海一带，在兴办经济特区的地方，在挨着摩天高楼的农村，率先富起来可谓屡见不鲜，然而，富了以后怎么办？对于穷怕了的农民，如何面对富裕是更难跨越的高山啊！你在这部作品中，做出了真实的、形象的、无可辩驳的回答，具有强烈的思想穿透力。张伟基，这位朴实精干的农民，党的优秀的吃苦耐劳、一心为公的基层干部，经过改革开放20年的锻造，经过艰难曲折的自我完善、自我提升、精神换血，已经成为中国特色社会主义新时期堂堂正正的现代人了。雨纯，你的这部作品中，张伟基生命的轨迹中，有四点是特别让人兴奋不已的：一、既然科学技术已成为第一生产力，那就必然促使资本、商品、服务、技术和人才加剧流通，必然使各行各业出现百舸争流的竞争局面。对这一点的认识，张伟基当然有一个从模糊到清晰的过程。从他拿着登载党的十一届三中全会报告的报纸奔走相告，从他敏锐地觉察到百年不遇的好运要到了，到坚信人是会飞的、知识信仰是人类的精神翅膀，土地、市场、人心、财富是可以组装成南岭式的经济魔方的，这充分证明了，一个用邓小平理论武装起来的农民会变得何等聪明，会在市场经济的大舞台上演绎出多么威武雄壮的戏！二、人类已进入了知识经济的时代，这就要求知识经济的发展必须吸引各种人才，培养各种人才，提高人的素质，提高人的文明程度。这一点张伟基做得非常漂亮，在他率领下，南岭成为全国可数的文明村。生态环境的保护、文娱体育、教育的投入，对人才的爱护都做得非常出色。在南岭，一个外来妹，幼儿园的副园长可以住进"专家楼"，为什么？因为她是优秀的园丁；在南岭，出现第一个大学本科生时，张伟基比中了六合彩还高兴，为什么？因为这标志着南岭的发展后继有人。张伟基心中清楚：知识经济的时代最大的竞争是人才的竞争，最大的优势是人才的优势！三、经济的可持续发展，既意味着人类对赖以生存的环境和资源加以保护与恢复，又强调社会的责任与道德规范。从南岭发展之初简单朴实的乡规民约，到后来建"致富思源"展览馆，乃至近年来制定的一系列的可持续发展的条文可以看出，张伟基一班人的思路是十分明确的，是高瞻远瞩的。没有道德的规范，金山银山也会被掏空，更别说发展了。环顾四周，反面教训还少吗？先富起来的城市边缘村落，出现了好逸恶劳的"二世祖"，出现了金钱从前门进来，爱情从后窗跳走的家庭悲剧，出现了赌棍、白粉仔。四、张伟基这条钢铁汉子身上散发出的浓浓爱意，像一股热流滋润着人的心田。外来工李文秀已经辞工，回乡前病重住院抢救。张伟基当场拍板："不管她是不是已经辞工，也不管她在厂里做什么，只要为南岭扫过一次地，种过一棵树，就是为南岭做过贡献，咱们就要管！"这掷地有声的话语温暖了2万名外来工的心啊。雨纯，在你的这部作品里跳跃着许多爱的浪花啊。上述四点，我是概括地理论化一番，而你是用美丽闪光的画面呈现给我们的。

改革的历史也就是改革者的历史。张伟基这位改革者的形象，具有什么样的艺术特色呢，我说点看法。

张伟基是个农民，用他自己的话来说，是吃谷的不是吃粮票的，用行政级别来套，他这个村干部连股级都不是。所以，你是从凡人的角度来写他的，你没有把他当神来写，你没有用玫瑰花来装饰他。因此，这个人物给人的感觉特别亲切，特别近距离，也特别让人感到可信、可亲、可敬。你很明白报告文学人物的真谛，你是从张伟基这个特定人物的经历中，舍弃非本质的东西，挑选出典型的、富有时代精神的、感人的事实，将它集中地表现出来。受时代大潮的冲击，一开始张伟基的思想起点就是"不服输，不甘贫穷，不甘平庸，南岭村人要吃上饱饭，手里有点小钱花"。他当初的经济意识的萌动与觉醒就是轰动四邻的"卖柿寓言"，村里柿树上摘下的柿子一半交供销社收购，一半到自由市场卖个好价。这件事让张伟基挨批了，却是他思想胆略的爆炸。后来，张伟基就开始大手笔了，村里几个现代化的工业园区、商业街、水上公园、度假村都是在他的指挥下崛起的。但张伟基思想脉络的变化，他的思维方式与行为方式始终非常清楚地告诉我们：张伟基是个凡人，他有烦恼、有无奈、有急躁，当然更多的是创造快乐。张伟基头顶没有硕士、博士、MBA的金冠，也不是翻手为云、覆手为雨、很有权势、很有关系的特殊人物，他只是在党的教育下，经过自己不懈的努力，一步一个台阶地在干中学，在学中干，才变得大有作为的。正是这个人物的真实性，才使我们觉得他是我们身边的战友，是我们身边的学习的楷模，才那样深深地拨动着我们的心弦！

雨纯，你很善于"聚焦"，你把一件件动人的事例进行艺术的调整，让它们像光线似的穿过凸透镜，集中在一个焦点上，让它光彩照人。第六章《迎接第一缕阳光》，你写了中国农民习惯种地，不习惯做梦，但机敏的南方农民张伟基异想天开了，在圆一个梦，要在南岭的土地上种植人民币、港币、美元。于是，他克服重重关隘阻力，将第一个肉联厂——南和厂的招牌赫赫然地挂出来了。于是，他硬是凭着一份坚韧不屈，凭着一份诚信，把外商请到村里来谈判投资这厂子了。港商在村里兜了一圈表示："你们的水泥路走不了我的大货柜。"张伟基坚定地道："给我三天时间，三天后你来看看。"南岭人总动员，齐上阵，通宵达旦，连续三天三夜修出一条开阔平坦的新路。港商傻眼了："就凭你们这股劲，我认了！"将典型的人与事，加以调度、强化，显示了南岭人的志气、脾气、勇气，就必然产生震撼人心的艺术效果。这种艺术手法在《精神圣战》等章节中都是十分明显的。

　　从富有性格特征的细节中去表现人物，这一点，你运用得非常高妙。报告文学，必须是真人真事。捕捉张伟基身上富有性格特征的细节不是一件容易做到的事，而这又是必须具有的，否则，人物形象就缺少血肉了。瞧，张伟基手捏登载三中全会的报纸气喘吁吁，直奔老朋友的家："有特大好消息！有特大好消息！"一个南方农民宝贵的政治机敏跃然纸上。瞧，上级调张伟基到县企管局工作，他是党员，只好勉强服从，但不迁户口，不转粮食关系，而且斩钉截铁地说："村里的队长还要当。"张伟基当初就这么看中穷山村的生产队长职务啊，他对土地的感情就像南方稻谷一样的厚道！瞧，一港商想圈南岭5万平方米的地，去见张伟基，一出手就是300万元的饮茶费。张伟基瞪他一眼："我张伟基值300万吗？我们欢迎你来投资，但记住，千万别带着炸弹来南岭！"何等正义凛然！事后港商说："没想到你是一个正牌的共产党员！"瞧，张伟基的女儿张秋敏在南岭医院工作，女儿的母亲林玉娣就在医院的路段扫街。于是女儿向爸爸求情："别说是面子了，让一个人吸16年灰尘，对身体有多大伤害……说什么也该换一换工作了。"张伟基的回答是："党支部的决定你以为是小孩子玩游戏，玩完拉倒？你妈扫大街是我在支部会上说的，你爸是支部书记，代表支部说话，书记不带头谁带头，群众心里有杆秤，称着干部的言行处事。这事就别再提了！"这父女间对话的细节简直像一堂生动的党课！听了谁不动容。南岭村流传着一句张伟基的格言："穷有穷志气，富没富贵病。"说得何等精当，发人深省！

  雨纯，这部报告文学的语言你也是下足功夫的。你对南方客家地域的历史变迁、风物人情、掌故传说的叙述，传达了一种浓厚的文化氛围，给人以美的享受。而作品中场面的描述、对白的来去、心理的抒发、议论的雄辩，都能做到弃矫饰、去斧凿，发乎自然。有的短促有力、洗练干净；有的亲切有加、解悟人生；有的情义深长、透心透骨；有的铿锵有力、血肉情怀；有的随缘随俗，具有一颗平常心。读者当会细品。

  雨纯，你是多情的，也是幸福的。所谓多情是指你满怀激情地写出了这样一部报告文学的精品；所谓幸福，是在这龙腾虎跃的大时代里，做一名有强烈社会意识和使命感的作家是多么荣耀！我想，再过20年、50年，我们的子孙后代还会吟唱《春天的故事》，也会想知道当初故事里的深圳人究竟是什么模样，于是，打开《天地男儿》。

2000年10月

大腕写《大腕》

——致彭名燕

　　书桌上摆着彭名燕送的长篇小说《大腕》。有意思,你自己就是大腕嘛,文艺信息灵通的人,谁人不识君啊!从电影剧本《黄山来的姑娘》到长篇小说《世纪贵族》《日耳曼式的结婚》,都掷地有声,都在文学的殿堂里亮过相,获得过殊荣。你的这些作品跟你的人一样,是如此聪颖、精致、生动、真诚。难怪著名作家王蒙一见到你劈头就是:好一个资深美人!我想这是他对你的人与作品的总体感觉吧。我就是怀着这样的好心情,在春夜煦煦的和风里,听你这个大腕如何侃《大腕》的。

　　你是那般轻巧,那般自然,那般轻车熟路地为我们揭开了神秘兮兮的电影圈的面纱。于是,一个个活脱的、似曾相识的、没见过听过的、在银幕与荧屏上绘声绘色地出现过的人物,神气活现地、大大咧咧地、古古怪怪地、新潮前卫地展示在我们的面前了。那位电影界的亿万富姐于飞飞当然是很容易让人对号入座的人物。这位在情场商海都能兴风作浪的"影后",这位做人似做戏、绯闻越多越得意的新闻女人,你当然不会放过,你勾勒得入木三分。还有,那位大明星陈超夫的老爸陈铁夫,这是一个将电影艺术视作生命一部分的老演员,如今仍热衷于发挥余热,志在千里,为《下岗大腕》的拍摄呕心沥血。同时,他对枯萎的花环与逝去的掌声耿耿于怀。对这个人物的褒贬把握,你非常有分寸。而许巍,这个有点才气、能演能写也能吹的帅帅的汉子,差点为了一辆奔驰车,投入加拿大富婆的怀抱。到头来,良心未泯,好梦难圆,只得无奈地侃侃奥拓与夏利,过过车瘾。看得出,对这个人物,你是扼腕叹息的:在物欲面前,人的精神都扭曲了。你是演员出身,你很了解妮子这样有才气的年轻美丽的女演员,她倒霉时,显得多么可怜、无助,让人同情,一旦时来运转,飞黄腾达了,对名利又是何等斤斤计较,为人处世是何等霸道强横。她的狷介自私、亦真亦幻的嘴脸,你刻画得好逼真,让人警觉。白发苍苍的老太太——30年代的影星杨玲,因报纸上排名较后气得犯心脏病。对这个人物你虽略带几笔,但闲笔不闲,也发人深省!

好的长篇,之所以能立得住,首先就是人物立得住。你对《大腕》中众多人物的命运、人物的七彩情感都驾驭得恰到好处,而且游刃有余,这得益于你从电影圈中出来的事实。你是捞过界了,你明知山有虎,偏向虎山行,到艰辛的文学圈抢饭吃,抢得如此有声有色、有滋味。说它有滋味,是因为表面看,你在写电影人的甜酸苦辣，而实际上，通过这些电影人的风风雨雨、起起落落，你让我们看到了在转型期的社会背景下，知识分子的精神追求与失落、崇高与卑微。让我们看到了他们心灵的两面性：既想为艺术奉献与攀登，又不能摆脱世俗的欲望对他们的束缚与诱惑；既想实现自己的人生价值，出人头地，向命运挑战，又未能对自己的能力、条件有一个比较准确的客观的估计与定位，只好陷入一种苦闷与彷徨，甚至不惜损人利己。这就是《大腕》的思想穿透力和现实意义。你并不丰硕的肩膀却挑起这么重的思想的担子，让人好生佩服。

这个长篇在艺术结构上也比较特别。你没有采用惯用的艺术结构的方法——以中心人物贯穿全篇，以中心人物为轴心，设计出若干个与中心人物有牵连的其他人物，通过中心人物与其他人物之间的种种瓜葛、矛盾、冲突，罗织情节，并以此突出中心人物的个性与命运。你是玩了一个新花样，尝试一种新套路，你在这个长篇中采用的是"车厢式"的艺术结构。即在主题思想的统率下，每章相对独立，每章都有一个完整的故事，每章都好看好读，每章都有新面孔出现，每章又不是毫不搭界——你将拍摄《下岗大腕》这件事，时隐时现地贯穿始终。我想文无定法嘛。这种艺术结构法，明清的章回体小说中屡见不鲜，旧瓶装新酒，让人喜闻乐饮就行，就是好酒！

虽说是好酒，品尝之后，仍觉不够劲。你大人大肚量，容我"瞎说"。时下的传媒，对大小的明星们可谓情有独钟，这也不奇怪，正逢盛世，人们茶余饭后，总要有点趣事、乐事、绯闻、隐私开心开心，刺激刺激，于是花花绿绿的娱乐版应运而生，影视明星们成了热点、焦点人物。因此，读者对这类人物颇为熟悉，甚至了如指掌。这样，你的《大腕》的麻烦就来了，读者要求你笔下的人物更强烈、更生猛、更过瘾、更麻辣。就说于飞飞吧，读者心里装的恐怕比你侃的还多。对这个人物，从严格意义上说你只是勾勒，你还未能深挖她的灵魂，还未能形象地令人信服地告诉读者于飞飞成为今日于飞飞的原因，也就是艺术的概括力还嫌不足。

还有一点，《大腕》既然用的是"车厢式"结构，这就要求每章的故事情节要编织得格外曲折动人。要兴奋点迭起，悬念揪心，人物的命运要分外离奇跌宕，让人叫绝，矛盾的交锋要胶着激烈，否则就会让人感到笔力分散，人物似走马灯，好像捂在米缸里的柿子熟是熟了，但还缺一天半日，香味还不浓烈。你好像是让这部长篇往传统的章回体小说靠，但对这种风格的把握你还不太熟稔，动笔时似乎没有想清楚。

再说一点，再长的长篇，哪怕是百万字的巨著，也是以小见大的，文学作品与浩瀚的生活比总是蚂蚁与大象的关系。问题是这种"小"，要小得深，小得尖，小得典型，小得惊心动魄，这一朵朵的小浪花是时代的大海涌现的。你的《大腕》当然闪烁着大时代的波光，问题是如何让这种波光更耀眼，更神奇，更具艺术魅力。我想，假如你将小说中的人物与万能的权力挂起钩来，那么整个小说的气势会非凡多了，情节也更精彩了，思想也更有深度了。

一位"爬格子"的友人动情地对我说："彭名燕的长篇散文《日耳曼式的结婚》特棒、特坦荡、特勇敢，对东西方文化在心灵碰撞的自我剖析特有意思，把我的作品全部捆起来也不及她这本东西！"我猛点头，有道理。我问："她的《大腕》观感如何？"他笑答："还行。"北京人爱说"还行"，那里头包含着太多的潜台词，那是一只橡皮袋子，装的东西可多了。彭名燕，你是一位明白人，世上聪明人不少，明白人不多，明白人是不消细说的呀。

1999年8月

木桂赏饭

我是先写了电视连续剧《南国有佳人》，再把它改写成这部长篇小说的。

1992年春节，木桂赏饭，打边炉，乐煞人也。他的夫人娟娟好客，会做对我胃口的江浙菜，更主要的是不在乎吃什么，看跟谁吃！木桂爱侃，能侃，掏心掏肺地侃，侃得酣畅、风趣、透明、真诚，给人一种落拓不羁、飘逸如仙的感觉。为此，他在人妖颠倒的岁月曾吃足苦头。这性子，改也难，而朋友们就着迷这个坦坦荡荡热血男儿的神聊。他赏饭，求之不得。

他家窗台的簕杜鹃开得一天一地，真灿烂。三杯东江糯米酒下肚，木桂兴致颇高："章以武，你这老小子，张某人的酒不是好喝的。"娟娟听了瞪他一眼。我说："洗耳恭听。"他道："演《公关小姐》的萨仁高娃你该晓得的，她为了报答广东台，不计报酬为我们再拍一部戏，条件是请一位不错的作家为她'度身定做'。怎么样？"我冲口而出："这位蒙古族小姐我见过，晚风中，白裙系身，青丝飞舞，美目烟视雾行，绝对是靓女，在男士中能发生心跳效应。"木桂手指朝我一点:"想入非非啦?"我连忙说:"岂敢高攀!房地产的题材怎么样?我曾为广州东华实业股份有限公司写过长篇报告文学,广州的一大景观——五羊新城就是他们开发的。那地方,以前是一片废地,杂草丛生,污水横流,蚊蝇孳生。那儿,不长港币,不长美元,不长人民币,只长贫穷、落后与封闭!哦,主人公可设计为一位洒脱而又沉重的女企业家,当然是一位佳人。此电视剧的名就叫《南国有佳人》如何?"木桂陡地立起来,脸通红,舞动着两只细瘦的胳臂:"好,好,章以武你脑子好用,说,再说!"我让他一鼓舞也来神了:"以主人公为轴心,发生、罗织出好几位佳人:一位标致刁钻的女经理如何美目盼兮、巧笑倩兮将港商玩得人财两空;一位清纯惊世的小保姆如何好风凭借力游转在男人的世界。总之,我希望这出连续剧意识超前、雅俗相兼、形象毕肖、对话鲜活,具有浓郁的南国风味。"木桂听了连连点头:"很好!我要提醒你,广东,是改革开放的窗口,活跃的市场经济培育了广东人崭新的观念,你一定要写出这片热土上发生的新的人文精神。对了,千万不要以改革与保守两军对垒的旧模式去表现,而是要在复杂生动的人际关系中去表现人物的命运。还有,故事要精美、曲折、离奇,让人一看就知道这故事只能发生在广州的环市路上,发生在白云珠水的龙口地!对了,一个月,把1万字的提纲交出来!这年头办事讲效率,不尚空谈,怎么样?"我说:"木桂,你成了地主老财了,逼债啊!"他说:

"那好,一个半月!文章是逼出来的,我这一逼也许能让你出个好东西来。嗯,丑话说在前面,稿酬嘛,给你最高价,每集1200元。"我说:"有没有搞错,那么低,如今吃米、吃肉全议价了。"木桂毋庸置疑地:"我们这儿没有议价。你把我宰了吧。老弟,你听我说,钱多多花,钱少少花。你小子'三个五'抽着,也穷不到哪儿去。我们都是过了50岁的人了,干一点事业,干出一点名堂不比什么都踏实?"讲到这份上了,我没词了。我说:"木桂,给你打工,穷哥们要脱贫致富难啊。"他听了嘻嘻地笑:"来,喝酒!我会很快通知高娃,你们见见面,好好聊聊,把握她的气质。"这事,也就这样定下来了。后来,又吃过几次饭,每次,他总是一头热汗急匆匆地赶来,我很理解,他实在是忙得分身乏术。每次,他总是把用铅笔改过的提纲、初稿、二稿、定稿交还给我。对立意结构、人物关系的设置以至于错别字都提出他的看法。每次,他总是说,脑子长在你自己的脖子上,对的,你就接受,不对的,就拉倒,你拿主意。每次,我瞧着他单薄的身子,气喘吁吁的样子,边吃饭边吞药的姿态,内心就觉得很酸楚。木桂患有心脏病,他是硬支撑着在干的,可以想象,一个省电视台管文艺的头儿,该要操多大的一份心!好在木桂是个乐天派,他活得充实,活得坦荡,敢笑、敢怒、敢干!我曾劝他找个地方疗养一年半载。他嗓门好大:"那你就毙了我吧!"如今,木桂本性难移:上午去医院吊针,下午上班不误！罕见！他让人捏把汗！他使我仰起脖子看这个从康乐园里走出来的小个子！

《南国有佳人》播放了。老朋友怎能忘记过去的糯米酒！

1995年8月

梦呓晓籁

我有自知之明,不是诗评家,凭什么乱弹你的诗集《写给春天的诗行》,而且,你眨巴友善童真的眼睛:免了吧,章兄,这歪歪扭扭的诗值吗?但是,谁叫你自称晓籁——天刚蒙蒙亮,箫声伴着晨雾鸣响。你扰醒人家的好梦,人家就有权在似睡非睡中梦呓你。

市场经济,波峰浪谷,进了商界,六根不净。你倒好,天虹商场有限公司的副老总当着,做了和尚仍然吃荤——写诗。开头,我半信半疑,把你归入写几首就不见了的那一拨,况且,这年头,日子祥和,写诗的比读诗的多。后来,跟你熟稔了,你的短诗、长诗、爱情诗、哲理诗读多了,黄酒、白酒、乌龙、毛尖喝足了,和你神侃至深夜,眼皮打架仍没完没了地侃了,也就对你"验明正身"了——你是个足斤足两的两栖动物,是商人,也是诗人。

写诗要激情,要感觉。你心中总得有阳光才能温暖人家。你真的温暖我了,瞧,蓝天下,荒漠的高原,几只牦牛,笨重而迟钝，你甚至可听到粗重的喘息，但依然一步一个脚印，一路前行。于是，晓籁，你来真的了，你吟唱了：

……追随时光的步履，丢一路嘹亮的号子，走出暮色，走出旷世的洪荒！

这是属于诗人的独特的感受，这是你晓籁心中的牦牛。我想，这跟你一直兀立在商海大潮上的感觉是一脉相通的。君不见，深圳深南路上，百货零售企业林立，可谓百舸争流。站在20世纪末，编织21世纪潮头梦的企业家，更需要的是想象力，需要雄才大略。一个失去梦幻的企业家，衰老也就来到他身边了。这么一拉扯，诗人和商人又一家亲喽。我这么说是有点根据的。我在你副总经理的办公室里坐过两个多小时的冷板凳，目睹你处理公务，你很温和、很机智、很精明、很干练，逼仄的时空里，让客人紧紧张张而至，宽宽松松而去。我突然觉得你处理生意场上的事很善于化繁为简，像写诗一样简约！我可能有点先入为主了。然而，你的描绘"冬"的诗可以证明：

撑一把伞，挡住寒风的哀鸣，踏着弯弯的小桥，给雪原留一行脚印，等春天长大的时候，还能记起这段泥泞。

好一句"春天长大的时候"，风雪恣肆，你想到的是百花争艳的春天，而且还要"留一行脚印"，分明是让人忆苦思甜，勿忘艰苦岁月！瞧瞧，多简练，想象的翅膀多能扑扇！

晓籁，你可曾记得，你常常会情不自禁地跟我讲生意经，你跟我说汇率，你跟我说退税，你跟我说CIF、FOB，你真的是对牛弹琴了，我如坠五里雾中。你说圣诞之后是元旦，元旦之后是春节，你说这三个节日连成一个巨大的购物潮，你说这个时候公司的每一个职工都要进入创造性思维的临界点，你说，这时候一定要有好点子、好招数，千方百计扩大销售额。我似乎听懂了，这点子、这招数，岂不是诗人常常吊在嘴边的"诗眼"吗？一首诗，有那么一句让人印象特深的、特有嚼头的不就是诗眼吗！有了诗眼，全首诗就活了！你的《回头》，诗不长：

> 如果只是背影，留下雪白的衬衣雪紫的裙裾，看见的只是一头黑发、一顶帽子；……如果只是路遇，留下一个漂亮女郎的印象，看见的只是一种美丽；可是，你恰恰回头，像一把刀子宰杀了意境，我死了心是因为不认识你！

这最后一句我以为就是诗眼！道出了你有"贼心"无"贼胆"。哈哈，晓籁，你家有娇妻还心花花！误会了，你是卸去矫饰，发乎自然，有味有情啊。对了，一个会找诗眼的人怎么会不懂生意眼呢！

晓籁，你从赣南的绿水青山中走来，你从黑瓦飞檐白墙闪亮的小巷里走来，为了走进诗的海洋，为了走进智慧的殿堂，你曾经借着一块腐乳、两碗冷饭，熬上一个漫漫长夜！你能熬、会熬、善熬，熬出了一副好筋骨，堂堂正正做人，挺直腰板走路。

今非昔比啰，你仍然孜孜不倦地在大鹏飞翔的龙口地，在各路英雄会集的深圳府，圆着你的市场之梦、艺术之梦。我在梦呓中期盼你两个梦双重组合，圆得大大的、亮亮的。你一定能做到的，你是那么年轻，男人三十一枝花呀！

1996年3月

桂花芳菲里的莫言

　　秋风送爽、桂花飘香的时节，在浙东名城宁海县，我近距离地仰视莫言，当时并不知道半个月之后他会荣获诺贝尔奖。说来也巧，2012年9月28日是鲁迅先生的战友、左联著名作家和革命先烈柔石110周年诞辰。宁海县文联与人民文学杂志社联袂主办首届柔石小说奖评选活动。作为嘉宾，王蒙来了，莫言也来了，我这个宁海籍写作人也应邀了，真是有幸。

　　华灯初上，薄雨渐止，花香四弥，宴会将开始。莫言端坐王蒙一侧，他身子略微发福，眼神深邃，笑容可掬。对恭敬上前请他签名合影的文艺青年，他都站立，报以谦和的微笑，有求必应。也许是莫言的慈眉善目焐热了年轻人的心，他们闪烁着清澈激动的双目，一个一个快步地往前挤，场面好不热闹。这种不期而遇的温暖，给予他们的是生生不息的希望啊！莫言的《红高粱家族》《丰乳肥臀》《蛙》将成为他们漫长文学创作道路上的标杆！

　　席间，王蒙对东海奇特的贝类海鲜都尝一口，点头称鲜，笑声朗朗。他听了主人对他与莫言大驾光临的感激之词后,声线清晰、京腔京韵地说:"不用谢我们,这是我们应该做的工作,作家协会就是干这个事的,这是我们的职责,应该感谢各位作家的创造性的劳动。"莫言在一旁听得很入神,接过话:"王蒙老师说得好,作家协会的工作就是团结广大作家,为作家们服务,为作家们加油,鼓励他们写出无愧于伟大时代的好作品。浙江是文学大省,宁波是文学大市,宁海是文学大县,出了不少优秀作家与精品力作,所以我们这次来也深受鼓舞,心情大好!"也确实如此,为纪念柔石110周年诞辰,宁海县文联着力推出本土10位中青年作家的10本文学作品,倾力打造宁海文学军团,以秉承柔石精神,繁荣文学事业。

在宁海,不到两天的时间里,会前会后,莫言都强调一个作家要深入生活,要关心底层老百姓的疾苦,与他们交朋友,作品一定要扎根乡土,从生活中汲取艺术灵感与奇妙故事。他说:"柔石是我们的光辉榜样,他人生短暂,只活了30年就英勇牺牲了,他为中国现代文学奉献了光辉篇章,他对革命充满激情与献身精神,他的作品表现了弱小者的血和泪。今天读他的小说《二月》《为奴隶的母亲》,一样触动人的心灵,让人十分感动。"是的,莫言不仅扎根山东老家高密,他还广交朋友,想必,那里有一块丰饶的民间故事的宝藏,接天接地,能生发出魔幻般的精彩!

在谈话中,你可以感知,莫言很重视文化传统,也强调从中汲取精神营养。明初大儒宁海人方孝孺坚拒为燕王朱棣草诏书而被"诛十族",为浙东山水添了许多钙质。宁海国画大师潘天寿,一身正气,献身艺术,爱国爱乡,而柔石精神更是气壮山河。莫言深信并鼓励大家:"宁海有如此优质的文化传统,这种传统、这种人文基因一定会代代相传,发扬光大。"他认为,继茅盾文学奖、鲁迅文学奖之后,柔石小说奖一定会一届更比一届强,办得非常有感召力。

听莫言言说,如沐春风!

2012年9月

易征的超常组合

三年前,荔红蝉鸣时节,易征着背心一件、短裤一条,凸着颇有"吨位"的肚腩,在他10平方米的小厅里踱来踱去(浑身透着热力,挡去了风扇的热风),发表创办《现代人报》的宏论。我们这些熟客洗耳恭听,容不得提什么疑问,譬如经费、人员、办公地点等等。他一个劲地、着了迷似的向你输送"办报"的软件。听着,听着,我也受了感染,觉得在改革开放的大气候下,出现一张丰富现代人的现代思想的报纸该多及时,出现一张净化开拓者灵魂的报纸该多必要。过了几天,我又蹑足进了他家座无虚席的小厅,搬个小板凳在阳台(厨房)门旁边坐下,他正在发表高论,办报的方针、"组阁"的具体名单都落实了,真是兵贵神速呀。他指着我:"不会漏掉你的,特约记者。怎么样?"他越说越激动,不停地呼喊着正在房间里看电视的夫人:"没茶了,斟茶、斟茶!"夫人一边为我们斟茶,一边嗔骂他:"你啊,口水多过茶,都不知道办得成办不成!"易征瞟了她一眼,搔搔头皮,又说开了,谈锋很劲。过了一会儿,他又喊了:"有没有瓜子!咸干花生也行!"夫人抱来一个大西瓜:"这个好不好？""好，好，一流！"易征为有西瓜助兴而眉飞色舞。他指着墙上的一块小黑板说："你们看看，怎么样？试刊的头版、二版的要目选题都在这儿了。"我凑上去瞧瞧，红、黄、绿、白四种颜色粉笔写的，有艺术字、有仿宋体，疏密相间，而且，插有公仔、小花，镶有花边，可谓精心之作。我心头一热，他这个人，铁饭碗不捧，赤手空拳跳出来打天下，冒风险，干人见人怕的办报事业，可敬可佩！我为他捏一把汗：牛吹出去了，新闻界、文艺界都风闻了，万一办个三期两期，收档停办，怎么办？你易征50岁出头，又不是嘴上没毛的小青年，到那时，岂不让人家当笑柄，看"戏"？我心想，凭着你的灵气与妙笔，作诗、写散文、编集子，什么不可以干？安生饭不吃，金饭碗不端，何苦来？哦，夜已深，易征毫无倦意，兴头上，邀大家去西门口田螺档吃夜宵。他手捏田螺："好味！各位，来日，报纸真办起来了，我升格，请大家饮早茶！"三句不离本行，他是进入了创造性思维的临界点了！何愁不产生智慧的核爆炸呢！应该说当《现代人报》还在十月怀胎之时，易征的思维方式已是超常的了，很不符合常规呢。世上哪有在狭小的10平方米的居家小厅里、在挂吊于墙的小黑板上、在昏蒙蒙的田螺档上，办张在中国颇有影响的报纸呢。这落差效应令人吃惊，然而，却是事实。

　　《现代人报》的12名记者、编辑中，除易征叫得响外，几乎均为不出名的年轻仔，一个一个地把他们拉出来"示众"都极为普通，在广东新闻、出版、文艺圈子里是些名不见经传的角色。然而，用易征的手把他们捏在一起，来一个超常组合，那效应就不同寻常，那报纸的版面就有声色。是何道理？我想——是他善于超常组合，而且在组合中善于系统协调工程。有人说，一个中国人一条龙，三个中国人一条虫。我在《现代人报》看到的是三条"虫"变成一条"龙"！哦！我忽然想起古代先哲的一名句："五音不同声而能调，五味不同物而能和。"别瞧易征平时大大咧咧，还真能"调"、真能"和"哩！

易征的超常组合，当然还包括了信息的超常组合。要办一张现代人喜闻乐见的《现代人报》，这一点可谓至关重要。当今世界，现代化的通信设备，已使地球成了小小的太空村！易征明白这个道理。他博览群书，他广交朋友，他派出记者到处钻，他家里的小厅夜夜高朋满座，就是信息源。这一切反馈到他的脑袋里，发生震荡，就变成了各种点子、各种绝招、各种行之有效的办法。他善于借用他人的高智能的脑袋进行组合，省内外、港澳、东南亚，政治、经济、文艺、法律各界，他都有许多朋友，有时煲电话粥，有时通信，有时乌龙一杯彻夜而谈，有时饭桌小饮侃侃而言。北京的袁鹰，香港的曾敏之，广东的林墉、岑桑、李士非、贝兆汉、钟华生、李秀森、徐德志等则是他的报上常客。这一点，易征和现代企业家相似，靠银行贷款做大买卖（他贷的款不是钞票，而是人才）。借船出海，风光无限。

《现代人报》办了3年了。现代人应该有弘扬自己的勇气。

1986年4月

说说黄啸，说说《都市牧羊》

大名鼎鼎深圳府，各路英雄会集，情有所钟，舞之蹈之，笔墨挥洒之，散文天地自然气象万千。忽地冒出一个黄啸，弄出一本《都市牧羊》来！嚄，行云流水，亦庄亦谐，真情汩流，任性大气，倒真荡人几分心魄！

前一段时间，岭南"小女子散文"颇热闹过一阵。小恋爱、小欢乐、小无奈、小烦恼、小孤独，写得确乎真切可人。可惜，有点儿小鼻子小眼睛，天地逼仄了。黄啸也是青青葱葱的小女子一个，圆圆素脸一张，生人面前，手捧橙汁一杯，遮去鼻翼，只见清澈的眼睛眨动，一声不吭！待到熟稔了，京腔京韵："烦！一边晾着去吧！"叫人晾着去，自己怎么样？她，那年16岁，照说，仍是似懂非懂的中学生一个，初生牛犊不怕虎，轻轻松松，参加京城中学生作文比赛。以一篇《评价，也许是权威的》惊动评委。小姑娘出手不凡，竟有鞭打世间不平事的气概，荣获冠军！这篇千字文，歌颂的是一个她尊敬的、不得志、不识时务的班主任。在80年代的同龄人中，黄啸是抵达了思维的新边疆，是块好材料，命中注定她应该吃记者饭。后来呢，她从皇城根的胡同里，来到竹露茶雾、水色潋滟的西湖边，接着是火辣辣的海南岛、霓虹闪烁的新鹏城、遍地黄土的大西北。好一个不安分的北京妹，总是兴冲冲地南来北往，总是在都市里赶"羊"，总是在风云变幻的大时代里闯荡！就是因为有了这段属于黄啸自己的秀丽人生瀑布，有了五光十色的丰厚的生活的积累，和对纷繁世事独特的感受与思索，黄啸才能在散文的潮里浪里海里，像她在小梅沙的碧波里恣肆击水一样，自由翻滚！才能在高手云集的散文林中，射出一支支响箭！

散文当然是人们感情世界的宠物。这就要求作者自己心中总得有阳光，才能温暖人家，才能让人家宠爱！黄啸心底有热腾腾的激情，有和煦的阳光。我读她的散文觉得亲切、真诚、过瘾、共鸣，就是这个原因。无论是她的散文系列《西出阳关》，描绘了西部边陲的狼烟、旌旗、鼙鼓，以及在信天游高亢旋律中走出旷世洪荒的牦牛、驼群，还是讴歌了可爱人物的《今日刘巧儿》《在中国当孩子王》《"嫂子"，你没变》，工笔勾勒，对话活鲜，细节准确，活脱脱地描绘出新生活的场景和时代新人的精神风貌；即使是一些精致的即兴短俏之作，如《一路打"的"去海南》《雨走羊城》《佛光大屿山》《只有我知道我多像你》，也是题旨高妙，切入新颖，情景交融，耐读耐思。黄啸散文中汩汩而流的感情，不是刻意附加，而是弃矫饰、去斧凿，发乎自然，率意随性，表达了她明净纯朴的精神世界和对新生活的执着与热爱!

散文的语言,特别讲究精练隽永,透彻灵悟,这样读起来才是一种美的享受,才会满口余香。我们的文学语言曾被"先锋派"狂轰滥炸了一阵,使读者如坠迷宫而无奈。而《都市牧羊》里的语言却如节奏清朗的音乐,典雅中蕴含张力。开卷首篇《八千里路云和月》中的第一段就掷地有声:

文武官员到此下马。落日熔金,面对黄土路尽头的五个大字,大家敛了笑颜,心情隆重起来,轩辕黄帝陵。

这语言短促有力,洗练干净,有色彩。让人如临其境,心中怦怦然。再看一段亲切有加、对人生解悟的文字。那是她的追忆:

妈妈是化学家,她配出来的药水涂在木材上,防腐阻燃,建筑物像歌中唱的那样"永远不会老"。全中国、全世界人心中永恒的天安门的永恒,就有妈妈的一份功劳……一上城楼,妈妈就忙着摆弄那些粗粗的针管。我趴在栏杆前,痴迷地向下看,人小世界就大。长大之后站在"五岳"之尊的泰山之顶,就找不到5岁那年登上天安门城楼俯视长安街对小小心灵带来的那种震撼了。

那份对妈妈的亲情、那份对天安门的深情、那份对人生的感悟，都透心透骨啊。

再看看黄啸抒写嘉峪关的文字：

……不同的是站在无尽头的嘉峪关，有种天地玄黄、宇宙洪荒的震撼，想象着千百年来的勇士们，他们在寂寞中捍守着身后万顷戈壁，防范着身前戈壁万顷……而古老忧伤的神话，千百辈地传下来，又演下去，生生不息，以滴血的爱情故事滋润着冰冷的城！

这叙述，这抒情，多么异彩纷呈，多么凄婉悲壮，多么铿锵有力，富有血肉的情怀！

黄啸是一位浮华世界里的女记者。她活得从容淡定，对功名利禄兴趣不大。连对婚姻也很坦然："我要一个我爱的，不是爱我的，初衷不改！"她好静，读书听歌玩电脑；她好动，骑马射击到中流击水。一种随缘随俗平常人平常心的感觉，在《都市牧羊》里处处可见。摘一小段：

从佛坛上下来，入乡随俗地吃斋饭。陌生人被安排在一桌，和善地打着招呼。一世修得同舟，共进膳食总有半世的缘吧，所以啖着粗茶淡饭，来自天南地北的人有点像过年一样高兴，食不厌精的现代人，咽下佛门斋菜，过滤着肠胃，过滤着心愿。简单是佛。

顺带说一句，年纪轻轻的黄啸，有如此练达的文字，恐怕与她大学里读古典文献专业有关，耳濡目染喽。

深圳是个养人的地方，深圳是块龙口地，深圳是个移民城市，有杂交优势；深圳又是东西方文化交汇的窗口。黄啸好福气，你处在山之巅，站起来就顶天立地，就华章连篇！

黄啸，祝你早霞满天！

1996年10月

有鲜鱼才宴客

说起广东作家姚中才,本地文坛活跃者,谁人不识君啊。他也人到中年了,光头圆脸,结结实实,长相年轻,口才上佳,脚底抹油,走南闯北,野马一匹。西藏和新疆、内蒙古和南沙,都留下他身背行囊的"驴友"身影。他爱登山,乐趣;他喜夜读,志趣;他善作诗,雅趣;他能豪饮,醉趣;他跳上饭桌舞蹈,疯趣!他朋友遍天下,广结人缘。他是散淡自由人,也是一个热爱生活的有心人!咖啡厅茶座酒楼、长途大巴、云端机舱里,他都能发现快乐、悲怆、怪趣、生猛、新奇的故事,放在心间,由它发酵。然后,在人兴奋月无聊的深夜,趴在电脑前,一鼓作气,将它变成小说。那小说,是从他血脉中自由流淌出来的,是无数信息碰撞、交汇变幻的结晶;那小说中的一字一句是在欢乐与苦涩的泪水中腌泡过的,裹着时代的芬芳气息。用中才自己的话,"有鲜鱼才宴客"。这鲜鱼就是生活呀!你读他小说集中的《下海》《共同生活》《不爱合同》,一幅幅当下生活的世相图,纷纷映入你的眼里,色彩斑斓,那些在生活激流中拼搏呛水的人物奔过来与你交头接耳，甚至你觉得中才这小子把你放在书里闲谝了。你瞧《下海》中的司马义，90年代闯海南的淘金者，写得栩栩如生。人说，到了海南人生地不熟，拎着猪头也摸不着庙门，而司马义连拎猪头的资格也没有。他像无数"南漂者"一样，只得在海口的"人才墙"上贴一张"求职启事"的条子，等待着别人给他留言，求苍天仁慈。终于有人在他的纸条上留下呼机号码，他等着公用电话响起世上最美妙的旋律，希望能找到工作。在小说集中，这样闪光的、饱含沮丧与希冀的细节俯拾皆是啊。正是有了血肉丰满的细节，才使得人物形象立体了、感人了。

中才懂得写小说的诀窍，要让人物性格毕现，情节舒展滚动，就必须把主人公放在人与人的关系纠葛矛盾中去描绘，因为人与人的关系就是故事，就能呈现真善美与假恶丑，而这种"关系图"又是十分具体的、日常的、有滋有味的。《下海》的主角司马义，在海口有了艳遇，对方是茶香小食店老板香小凤，他俩邂逅相爱了。不问身世，不知背景，没有纠葛，也无期许，爱得简单、纯粹、销魂。因为彼此都是兴冲冲、急匆匆来海南淘金寻梦的，不知明天，没有未来，可都是人，需要心灵的慰藉与相互取暖。这在改革开放初期的特殊年月的海南，爱情只有热度没有持久度，更不可能有"白首不分离"的誓言。这就折射出那个年月的焦躁与骚动，留下了时代的印记。而对"南漂者"来说，让美丽与热烈像划过生命天际的闪电也就足够了。这故事情节好看又耐读。中才有才！

中才写小说，对人性看得透，所以写得也透。在《真实的爱情》里，男生阿超，巧舌如簧，能哄女孩开心，有点痞气，本想就地取材，找个女伴，快乐一番；而女生小温，涉世浅，单纯、开朗、热烈、痴情，于是他们同居了。出租屋逼仄，倒也是个温暖的窝，两个相爱的人挤在一起就是整个世界。然，前进的步伐不一致，发生龃龉、纠葛、矛盾了，这样的爱情，不被看好，春天的花，冬天就没了。最终，这对年轻人终于开窍明白什么是美丽的爱情，那就是两个人搬到一起过日子！不奢望，不对未来过多设计，不明就里地爱着，不明就里地过庸常的日子，就是不错的爱情！哪天和风扑面，日照朗朗，神清气爽，上山走走，多美，感天动地的好时光呀。而这，对当下年轻的恋人，会有些启迪吧。

愿中才，在南粤这块春风鼓点的地方深扎根，广交友，有朋友相帮扶持鼓励，灵感就来了，胆子就壮了，就不怕下海暗礁的水怪、山上狭路的恶狗，什么困难也难不倒你。中才，期盼你继续写出有土味、有人味的南方才有的中国故事！

2017年7月

凝视程贤章

程贤章，我说你著作等身，誉满南粤大地，生命的花篮常鲜常艳，想必大家会赞同；我说你宝刀未老，人过70岁，照样华章连篇，《仙人洞》《我说红楼》等相继出版，想必众人会叹服；我说你才气、朝气、锐气三气连贯，让你的同类仰起脖子眨巴双眼瞧你，想必各位会认同；我说你是一位真绅士，不熟悉你的人也许会问"绅士"怎解？

20世纪90年代初，细雨漫天的春日。儿子对我说："老爸，你们的程贤章到我们中学做报告哩。"我说："是吗？你们校长有眼力。"儿子说："他一口客家普通话，好大声，很幽默，可惜模样有点土，像个老农，不像作家。"我笑问："作家是个啥模样？"儿子答："作家应该很有绅士风度。"我道："程贤章就是真君子、真绅士，你小子不懂。"

大凡真绅士，并不把物质的东西看得很重。生不带来，死不带去，此话谁都会说。做起来可不容易。程贤章做了，义无反顾地做了，他把数十年来省吃俭用艰难收藏的古董字画一股脑儿统统捐给了政府。他收藏的这些民族文化的珍宝是无价的呀。一件明清的青花瓷器有的可换回一套新房哪!难怪有人背后议论:程贤章神经搭错线了。他的这些宝贝换成人民币、港币、美元,可以让人数得患肩周炎哩!可他没兴趣数。他说黄金易,得国宝无二。他说让它们永存博物馆,世代相传,众人共睹。他的境界、他对民族文化的崇尚与认识是俗人难以理解的!在物欲横流的今天,他的这种做派尤其让人感动,心头油然升起两个字:绅士!君乃真绅士也。

广州天河龙口西路,赫然矗立着一座文艺大厦。这是省里领导关心重视的结果,但在具体操办建楼的过程中,作家协会的头儿可谓用尽了吃奶的力气,头绪之纷繁复杂,一言难尽。程贤章在其中扮演了无名英雄的角色。他拖着沉重的身子,跑前跑后,协调各种关系,成了最具魅力的"公关男士"!如今,文艺大厦前,作家、艺术家们衣冠楚楚,鱼贯而入,谁人会想到当初程贤章疲惫的身姿?程贤章对人言:"我是作家队伍里的一分子,领导抬举我,我老马识途,大事做不了,做点小事,不值一提。"此乃真正高贵之人的口吻,此乃绅士肺腑之言!

大凡真绅士,都是对理想、对事业有执着追求的人,有使命感的人,既渴求荣誉,更会以人类的良知去完善自己、塑造自己。程贤章50年来文学创作的生涯,无不印证了这一点。其中有四点值得一说。

一曰追求。20世纪70年代出版的长篇小说《樟田河传》,

印数达50万册，口碑颇佳。程贤章的嘴角也浮起狡黠的笑，也曾在掌声中抖抖脚，不过，那只是瞬间，转过身，他关门谢客，关进小楼，口嚼咸花生，埋头写出了《神仙·老虎·狗》，反响十分强烈，以浓浓的客家情把人镇住了。可程贤章仍觉此书遗憾多多，他给自己立下了精品力作的标杆，不达目的，决不罢休。1998年，长篇《围龙》问世。纵观历史，构思恢宏，行云流水，或庄或谐，真情流露，荡人心魄。这下子该满意了吧？况且获得奖项多多，他头上光环熠熠哩。不，他仍然手痒痒，心不死，孜孜追求新的突破。2005年，一部独特、朴实，真实反映土改的《仙人洞》出版了。天哪，程贤章是变魔术吗？怎么弄的，不由得让人瞠目结舌！

二曰热爱。凭程贤章在文学界的声誉，他完全可以住在现代化的广州城，出入宾馆和会所，参加各种会议，宏论阔谈，品尝佳肴，觥筹交错，春风得意。可他偏偏一头扎回梅州老家，坚持在基层居住，真正沉下去，和农民心相连，情相通，俯身倾听农民兄弟的喜怒哀乐，亲身感受转型期农村的历史性嬗变。程贤章心系故乡啊！他深深挚爱着生养他的这片热土！这是他的根，他的命脉，他创作的取之不尽用之不竭的源泉！他的小说哪一篇、哪一部不是渗透着浓浓的客家情、悠悠的客家魂啊！程贤章，你是梅州大地可爱的儿子。

三曰思变。我与程贤章多次交谈，写文章、搞创作，对于我们这样的作家最大的困惑是什么？那就是如何突破自己，如何不重复自己，如何求变，变得与时代同步，变得"春江水暖鸭先知"。他非常赞同这样的观点：世上万物都在变，只有变化是不变的。一个作家倘若因循守旧，那么他的艺术生命就枯萎了。贤章以他的创作实践证明求变，力求在创作中达到思维的新疆域。记得20世纪80年代初，文人下海成风，他要亲自体验下海的味道，亲身去体验市场经济的运作，深圳、广州真的是遍地黄金，任你捡？于是，他弄了一卡车水鱼从梅县日夜兼程运去深圳，结果水鱼统统死光，血本无归。在广州编辑家易征的府上，他苦笑："文人下海大多失败，教训啊。往后，我这个老顽童不玩水鱼不玩王八喽。"水鱼变钱没成功，创作上的求变求新他却探索了。古典名著《红楼梦》，"红学家"们争论了上百年，各说各的理，没一个结论，没结论才显得此书伟大，才是对《红楼梦》崇高的致敬！程贤章捞过界了，也加入了争说的大合唱，写了一本评述《红楼梦》的书，而且论述得独到、有趣，能自圆其说，融入了他对社会、人生的深刻见解。他在写作此书时强调与别人不雷同，强调"变"，强调不嚼别人嚼过的馍。

　　四曰激活。用什么来激活生命？各有各的激活法，有种草养花的，有养鱼养狗的，有填词谱曲的，有打牌跳舞的，而程贤章把个体的精神劳作——文学创作，作为激活自己生命的动力、生命的拐杖！这在旁人眼里实在太苦太累，太伤神了，他却乐在其中。越爬格子越年轻，进入了一种朗月清风、天圆地满的精神境界。

大凡真绅士总是听命于爱的指令，待人热情敦厚，极富人格魅力。广州文德路程贤章家，这里既无豪华装修，也无时尚沙发、音响、吊灯。可只要程贤章一回广州，逼仄的客厅里就会高朋满座，笑声朗朗。程家有三样东西招待客人：清茶、花生、柚子，味道都蛮好，但真的温热在座朋友的，却是程贤章睿智、幽默、通透、生动的话语以及他那闪现侠气的眼神。朋友有难事他能帮的一定帮，诸如找医生、寻工作、办户口、手头紧，这些看似是小事，落实在具体的某个人身上就是大事。他真是爱心一颗，侠骨柔肠啊。他任广东文学院院长期间，遇到特殊的采访任务，如采访书记、省长、厅长、局长，只要程贤章出马一定行，而且这些头头脑脑日后都成了他的好朋友。我曾问他："你是怎么'忽悠'他们的？"他答："领导也是人，也有七情六欲，真心换真心嘛。当然，沟通需要对等，学识、阅历、修养，对党的方针政策的领会，这些都靠平时积累。"斯言信哉！简言之，程贤章心中有阳光，温暖人家，人家当然欢迎他，向他掏心掏肺。

晨光熹微，竹露茶雾，草木青青，他在故乡丙村的田间小路上款款而行，他的双眼里闪动着深邃的光泽，他在想什么？构思新作？还是静静地蓄养着浩然之气？

2008年12月

第二辑

品咂人生，甜甜苦苦

当年相亲时怦怦跳跃的心，与现今俊男美女的眉来眼去，都是那样让人心醉，都是这般的俗人日常。都闪烁着人性的光芒！

土炕相亲

说点20世纪的事。1956年,大西北僻远小城,土炕相亲的故事,有些嚼头哩。那是风沙在耳边叫唤的春天。

媒人是一位唱秦腔的民间艺人,我在县文化馆结识的朋友。他唱《王宝钏别窑》,那高亢激越的声腔,在东门扯开嗓子,西门听得见!他见过世面,无藏无掖,爽直侠义。他说:"上海娃子,你俊朗清秀,又是穿四个兜兜的公家人,今年19岁了吧,你条件好得很,该找个对象啰。大冬天,热炕上搂个妹子耍耍多和美!不消两年,替你生个胖小子!"我答:"我是外地人,没地、没房、没羊、没根基。一个月加上炭火费,只有41元5角,谁会相中我?"他说:"你说得不在理。花十几块钱,可买一大车的洋芋(马铃薯)、五谷杂粮,堆在院子里,有你齐腰高,还愁喂不大你的娃?再说了,那姑娘的爸人脉广,四时八节,有人上门送礼,牛尾一条、红枣半斤,肥得很。对了,他家后山坡,还放牧着几只羊,柴房里圈着一头猪,待到腊月天,宰了过肥年。"我说:"那是殷实人家啰。不过,若成了,我就是上门女婿，这不太好。"他反应很快："我知道，男人都不太愿意做上门女婿，矮人半截。好办，你小两口租房分开住。白天去丈人家蹭饭，丈母娘疼惜女婿，肯定天天换着花样，替你做好吃的。今天洋芋烩面片，明天蒸糜子甜馍馍，夏天醋拌韭菜鲜口，冬天羊杂汤，暖胃。"我问："有姑娘的照片吗？"他说："要啥子照片哩，到时你亲眼看，你会欢喜得心跳！我敢保证，北门一带，这姑娘是最出挑的一个，她今年18岁，有文化，完小毕业（完小，即小学六年的完全小学），肤色白里透红，脸盘上两坨高原红，像抹了胭脂一般；胸鼓鼓的，将来奶水足；还有那双手，手背肉嘟嘟，指缝梅花印，好摸得很！"他说得我心动了。我，血气方刚的处男一个呀，从来没碰过女生的脸蛋儿，也从来没一个姑娘的形象在我心里生长！相亲那事儿，平生第一次，神秘、迷惑、兴奋、好奇！我答应了。

那天，我打扮得很另类：小分头，身穿四个袋的灰布棉袄，土布制的哥萨克窄裤管长裤，脚踩半高帮皮鞋。半路上，我问介绍人："见了面，若我没那个意思，做普通朋友可以吗？"他回答干脆："不可以。见了面，没诚心就一风吹，人家黄花闺女要嫁人的。这里不是兰州、西安大地方，放个屁满城都闻到。"我表示明白。

进得小院，一只公鸡扑棱棱拍着翅膀啼叫。黑色的棉布门帘挑起，蓦地出现一张白雪雪、红扑扑的少女小脸。她身着紧身花棉袄，胸鼓鼓，侧着脸，带着几分娇羞迎客。她爸，一个厚道的中年男子出来了，笑容可掬，请我们进屋，土炕上盘腿落座。炕桌上已放着兰州黑瓜子一碟、白馒头一盘。土炕边的泥炉上蹲着一只小铁锅，嗞嗞冒着水汽。主人手掰砖茶扔进锅里，煮出来的茶，又苦又甘，又酽又稠。我们寒暄了几分钟。我找了个话题，指指土墙上的明星图片说："那黄宗英、王丹凤、白杨、白光的图片，还有西湖断桥，苏堤白堤杨柳依依，好看哩。"主人说："我女儿喜欢，不知她从哪里找来的。"介绍人说："好啊，姑娘爱看美女、美景，心里有春光哩。"我心想，那姑娘爱美，这土房子是她心中百鸟声喧的仙境哩。不一会儿，姑娘端着一个盛三碗羊肉臊子面片的盘子进来了。后来我才知道姑娘亲手端面片待客，表示她对前来相亲的男人满意。吃罢面片，主人与介绍人抹抹嘴，找个借口离去了。那位姑娘端来一碗冒热气的水，低垂脑门，柔情地说："喝口红糖水，你们那里的人喜欢甜食。"哇，她懂事乖巧，是我没料到的。我说："你也喝啊。"她小嘴嚅着碗沿，偷瞄了我一眼："我见过你！"我诧异："在哪儿？""鼓楼附近的篮球场。"她答。她说得对，我确实在那里打过球。我说："我身子单薄，撞不过别人，我篮球打得不好。"她抿嘴笑："你打得不好我也喜欢看！你跳起来投篮的姿势中看不中用！"我听了大笑，颇感动。在大西北风沙小城，这姑娘朴实可爱的话语，滋润着我寡淡的生命。沉默了一阵，那姑娘说："你的棉袄有油光哩。"我说："是的，穿了一个冬天了，该拆洗了。"姑娘说："我们这里苦寒，不过端午棉衣离不了身，早晚棉衣要披在肩，否则感冒就麻烦了，也没人替你端水。"我感动，这话多贴心贴肺。她接着道："到时你把棉衣拿过来，我替你拆洗！我钉的纽扣线扎得紧紧的，公家人衣服少个纽扣不体面！"我听了连声谢谢，多么诚心痴情的言语啊。不过，我心头反倒纠结顾虑了，八字还没一撇呢，成不成事，我自己也没下决心，伤了这位姑娘的心怎么办？我换个话题："你平时爱看小说吗？"她说："不爱看。我怕动脑。前一阵，人家送我一本苏联小说《卓娅与舒拉的故事》，书里的名字太长，记不住，不读了。"我说："那书很让人上进奋发的，很好看的，很多学生喜欢。"她笑笑没回答，她说："再过半个多月，洋芋叶子泛青，吐出白白的小花，一片都是，好看得很。你来，我带你去山沟沟里的水浇地看洋芋花！"

……后来，我没去看洋芋花。第一，我不想在风沙小城里生活一辈子；第二，我要找个有中学文化的，有独立工作能力的；第三，我要找个能一来二去对得上话的。所以，我不能黏黏糊糊，万一意志薄弱，一时冲动，亲过人家，搂过人家，又没跟人家成亲，那就太对不住这位好姑娘了。

岁岁年年，年年岁岁，每当忆及相亲的这一幕，我会想：那土炕就似咖啡厅；那明星、风景图片就似咖啡厅短墙上置放的纸伞、风车、油灯盏；那卷着漫天黄沙的春风，就似咖啡厅里曼妙的钢琴曲；那当年相亲时怦怦跳跃的心，与现今俊男美女的眉来眼去，本质上都是一样的，都是那样让人心醉，让人心大心小，都是这般的俗人日常。都闪烁着人性的光芒！

2019年12月

第二辑　品咂人生，甜甜苦苦

冷战

——男人50岁之一

在宾馆里开会,夜里串门,几个男人,呷啤酒,说"私房"话,投入时,彼此倒也显山露水,亦庄亦谐,妙语连珠,还真能破闷消闲呢。是晚主题:诉苦。诉老婆跟自己冷战。严重的可以整整一星期相互不说一句话,甚至划清界限,不瞧一眼。

林兄,莎士比亚研究专家、教授,50岁刚出头,身子伟岸,黑发剑眉,保养一流。在一大串社会职务中,最佳头衔为"怕协主席",怕协者,怕老婆协会也。虽则是戏谑之言,但也凿凿有据。一次,文艺界一车人去佛山走马观花,归程时,临时动议,下车一小时买陶器。领队反复交代:勿误时。一小时后,独缺林兄,人影不见,时值盛夏下午3点,车厢里热浪滚滚,骂声四起。一女作家咬咬牙:"等他回来非宰了他不可!"终于,他抱个大瓦煲,晃晃然、笑吟吟上车了,竟无一丝歉意,道:"不错,真不错,夫人的指示落实了。"女作家倒好,非但不宰他,反倒号召车上全体男性向他学习，并冠之以"模范丈夫"称号。一旁有人插嘴："林教授出任怕老婆协会主席绝对够格！"从此，雅号不翼而飞。他呢，听了乐滋滋，当补药吃。好事者做了充分的补充：教授夫人比他小11岁，当年某丝织厂厂花，双瞳剪水，白皙灵秀，甚是招人。难怪难怪，家中有如此娇妻，哪怕天上落刀子，也非要把瓦煲买到讨个欢心不可的。啊，世事蹊跷，如此这般天上地下难觅的一对，竟也会发生冷战，太有悬念，太吊人胃口了。我们侧耳细听林兄诉苦。

"冰冻三尺非一日之寒，这一年多，我老婆变了，变得越来越不听话，越来越'硬颈'。她还不到40岁，更年期远着哩，不明白，我真不明白。"

"喂，教授，你说得具体点，有鼻子有眼睛我才能助你一臂之力。"文艺心理学专家邝兄插嘴道。

"就以吃咸鱼为例，我多次申明，我家餐桌上不准出现致癌物质。她偏偏来了一个咸鱼豆腐煲，还说是上等宴席。女儿竟说：'这煲真棒，以毒攻毒，抗癌！'你们说，气不气人？"

"很有意思，接着说下去。"我鼓动着。

"看电视，我是有球赛就行。以前一家三口颇心往一处想，现在分歧大了。女儿非看连续剧《义不容情》不可。她说她就是冲着《一生何求》这首主题歌去的！她妈帮腔：'你不喜欢的不等于人家也不喜欢！非得跟你的指挥棒转不成？'女儿壮胆了：'就是嘛，家庭成员间应该平等，做爸爸的要以身作则发扬民主。'我一听,拉长脸,进书房生闷气了。女儿为让我下台阶,拉我去客厅里看球赛,我手一挥:'你'一生何求'去吧。'全家扫兴。"

"有味道。来,喝杯乌龙茶说下去!"邝兄似乎悟出些什么。

"各位别笑,看起来全是鸡毛蒜皮小事,可就把人憋得慌。白天,公事忙碌,纠纷、摩擦、啰唆一大堆,要疏通,要协调,要理顺,晚上回到家,渴望有片青草地,渴望无拘无束,渴望私有空间,渴望乐也融融,唉,就是不能顺心顺意。原本怎么说怎么听的,如今变得顶心顶肺了!"

"林兄,看来你的'内宇宙'不平衡啰。"邝大专家也爱用新名词,"不过,你也太倾斜自我了,尊夫人的批评可谓击中要害,你在家里,老要全家人跟你的指挥棒转,你不吃咸鱼,人家也别吃,你要看球赛,人家也非看不可。要知道,现代社会,信息环境变了,各人的视野扩大了,价值观念、审美心理都在潜移默化中发生变化,夫妻生活中丈夫说了算的'流行范本'也就不太灵验了。现在要提倡'互补结构'啰,这对走惯老路的50岁的男人尤其要注意。只有互补,家庭生活中才能出现真正的、不是一厢情愿的、乐也融融的私有空间。"邝兄说得眉飞色舞。

"啊,听君一席话,如沐春风,茅塞顿开,互补互补,我一定试试互补。再说一点最新的冷战原因。我出差上海回来,旅途劳顿,走进家门,客厅里,剑兰怒放,芳香四溢,知我者老婆也，好极。可惜，女儿的欢迎词使我如坠冰窖。"

"说什么来着？"我问。

"她说：'爸爸出差半月，我和妈妈顿觉轻松自如，干什么都不必请示汇报，不必考虑爸爸喜欢不喜欢，爸爸会不会生气。趁爸爸不在，妈妈突击改变发型，去烫了发。'你们听听，我岂不成了混世魔王了？我是这样的吗？"

"你自己当然感觉不到，习以为常了嘛。冒昧问一句，你出差归来，有买点小礼品，比如好吃、好玩、好看的给夫人吗？"我问。

"没有，什么也没有。老夫老妻了还献什么殷勤。"

"此言差矣。"邝兄又迫不及待地发表高论了，"西方谚语言：'到过一天的地方能说上一辈子，住了一辈子的地方说不上一句话！'这说明你感情迟钝了。小礼品很重要，夫妻久了，知根知底了，就更需要爱情轮子的润滑油。现代人应该善于创造一种夫妻间共识的，有说不完悄悄话的绝妙的氛围！"

大家听了摇头晃脑，十分赞同，很有启发，得益匪浅，并且表示回去后要努力实践，立竿见影——不强求同化，不苛求对方，废止家庭生活中一切以我为主的各种规则。

林兄的情绪也给调动了，发问："回去后我该如何主动结束冷战？"

"鄙人有个极妙的药方。"我自告奋勇。

"快讲！"

"马鲛咸鱼一条！"

笑声飞起，几个50岁的男人，瞬间勃发起大山般庄严的感情：共建家庭快乐村。大家高举啤酒杯，连声说："干了！"

1990年7月

虚惊

——男人50岁之二

李君,某研究所副研究员,差29天就到了"知天命"的年纪了,在绿格的稿笺上耕耘累了,爱把书房的门关紧,对着镜子,顾盼一番,从抽屉里取出小剪刀,剪剪鬓角、胡子、鼻毛,然后,摇摇头,轻叹一声:"老矣!"接着,烟雾袅袅,享受孤独。妻子也不敲门,撞了进来,将格子布朝他脖子上一围。

"干吗?"

"染发!"

"50岁的人还扮什么靓?"

"废话!你别把50岁老吊在嘴边,你说老岂不嫌我是黄脸婆!"

"好吧,你折腾吧。"

妻子比他小4岁,洗衣刲鱼戴透明胶手套,所以手指儿保养得蛮细嫩,够耐心,简直是一根儿一根儿地拈着,染着,那手势真是动如烟、轻如絮呢。她不断命令："记得，衬衣要束进裤腰里，这样就显风度，来精神，干吗老穿白的灰的，你表弟送的条子衬衫明天就换上！你们老所长，快60岁了，还穿杏黄T恤哩，哪像你，土！"

"啊，'工程'有个完没有？"丈夫不耐烦了。

"急什么，坐着，等药性渗进发根，20分钟后才能洗头！"

李君有点纳闷，近来，夫人对自己的外形、仪表越来越挑剔了。嗯，多一分苛刻多一分情爱。不过，那是年少夫妻才有的嘛，他对妻子的温情缺少反馈。无意中，环顾卧室四周，咦，胭脂红、孔雀蓝、苹果绿、柠檬黄，各式衫裙，缤纷艳丽。还有，人造珍珠链、假宝石耳环、洗面奶、护肤霜堆满梳妆台。古人曰：女人爱珠宝，男人爱字画，斯言信哉！

昨天中午，霍地冒出一条信息，然后接到一个没头没脑的电话——

李君："喂，找谁？"

对方（男性）："我找杨老师。"

李君："她没回来。你是哪位？"

对方："我是她男朋友。"

李君："你贵姓？"

对方："她晓得的。请她星期六晚跳舞。"

李君加大嗓门："哪里跳？"

对方："老地方！"

李君啪的一声挂断电话。

当晚，妻子回家，他不动声色，认真观察：她虽不是秀发如云，倒也小波浪起伏，额前几绺发鬈儿似乎在向逝去的韶华挑战。那件紫花点无领衬衣，衬出她圆润白皙的脖子，让人爱怜不已。更撩人的是那条既柔软又富有质感的图案抽象的裙裤，配着一对白色的高跟鞋，摇曳生风，韵味无穷。啊，这就是我的老婆？啊，什么时候，不知不觉，粗心大意中，变得这么美了？不对不对，这是幻觉，这是心理作用。人说夫妻的情感生活中，要时不时地添点"醋"，那是爱情的养料。哦，那就是"醋意效应"啰。

他说："中午有个电话，有位男性请你周末去跳舞。"

妻子："是吗？"笑嘻嘻地飞了他一眼，"谁？哪儿跳？"

丈夫摊摊手："无名氏请，在老地方跳！"

妻子摇摇头："这就怪了。"

丈夫："谁知道你呀！"

妻子："还会有人钟情你灿烂过的黄脸婆？"

丈夫："那不一定，现在日子好过了，发疯的男人多着呢。反正，你曾经是个美人，你注意点，别让人家想入非非。"

妻子仍然笑嘻嘻，神情自如。

几个星期过去，李君并没有发现妻子的任何新动向。一天傍晚，秋雨淅淅，疏疏密密，他突然心血来潮，夹了把伞，兴冲冲地走进一所中学的校园。校道两边，簕杜鹃盛开，那蒙蒙的绿意、那团团的红雾,使他坠入一种奇妙的境界。啊,结婚将近20年了,老夫老妻了,女儿都上大学了,怎么忽地心里会有这么高的热情,会有这么一份殷勤给夫人送伞呢,是去侦察吧,做红哨兵不成?啊,这感情世界的事真复杂,没完没了!

两口子,一把伞,在雨中,不管从哪个角度看过去,都是让人羡煞的、须臾难离的一对儿。妻子抬起脸,莞尔一笑,瞟他一眼。他呢,若有所思,笑得别扭。过了一阵,丈夫说:"喂,我们仿佛又像当年在农学院的茶林里谈恋爱。"

"是吗?天天下雨该多好!"

该揭开谜底了,打电话的男性绝非野男人,是李君妻子的妹夫。小姨子出的鬼点子。她的理论是:50岁的男人因为惯性的作用,因为"久入芝兰之室不闻其香",对妻子的感情容易变成粗粝荒漠,往往身在福中不知福。表现好的,对枕边人熟视无睹,表现差的就别提啦,所以需要这样那样的爱的保护措施。这种措施是否灵验,先在姐夫身上一试。

1990年8月

我也卡拉OK去

——男人50岁之三

"忽如一夜春风来,千树万树梨花开"。广州满街都能发现卡拉OK,那斗艳的门楣,跳跃着橙红、鹅黄、银白的光晕,那滚动的音符,从紫微微、黑黝黝的厅席里流出来,浮动在深秋清凉的夜空里,点缀在玉兰、紫荆的街树上。好奇,几次推门张望,又缩缩脖子退了出来,那不是我等有资格进的地方。60元一张票,点歌吟唱另加,而且,总不能一个人在那里傻坐,约个伴才得体。既然豁出去了,饮料总得来一杯,孤寒点,再要一碟炸薯片什么的,当然名曰"芙蓉出水"的鸡尾酒是可以免去的。这样一计算,袋里不足200元就休想做一夜"现代人"。况且,里边多为俊男美女,你,过了50岁的人啦,凑什么热闹呢。虽说科学昌明了,人长寿了,"七十还是小弟弟"了,但毕竟两鬓开始灰白,要用"美源"之类加工改造才英气不减当年哩,罢了罢了,累了、烦了、闷了,买盒录音带,听个《山楂树》《莫斯科郊外的晚上》《友谊地久天长》,想逝去了的韶华,忆昔日之"穷乐",不也挺满足,何尝不是一种心理的自我微调?因此,我与卡拉OK总是无缘。

不过,高中生的儿子已反复转弯抹角地发表言论了:

"爸爸,你的文章我读过一点,很理解我们年轻人的心理,真有些现代都市气息。"

"爸爸,现在的人会创造,也会享受,守财奴越来越少了,是吗?"

"爸爸,我们好多同学都见识过卡拉OK,有的过生日都去那里过呢,我们也去开开荤吧,那可是超值的享受!"

小子点题了,而且拣了个新名词"超值"。

妻在厨房里提高嗓门:"不去不去,要去,等你将来工作了,什么OK都行!"儿子挤眉弄眼,轻搭我的肩头,悄声说:"爸爸,妈把门关死了,看你的了,生活是创作的源泉,你天天在讲台上唱的,要知道李子的味道就得亲自去咬一口,你明白的啦!"

我当然心知肚明,可荷包无情啊。全家去一次,少说也是我一个月的二分之一的工资,那可以买一群竹丝鸡来炖,可以买20多盒蜂王浆来补,可以去好多次、好多次"蓝宝石"电影院,再凑上些钱,可以买一套充大头鬼的"名牌"西装。我把这笔账一公开,儿子无可奈何了,十分扫兴:"你这么比算就没有共同语言啰。"

哦，这是两代人感情的差距？

也真巧，一位远房的表妹从秦淮河边来，到广州观光取经，很想在家乡搞个酒吧、卡拉OK什么的。盛情难却，全家出动，择凉风阵阵的周末之夜，各自很光鲜地扮靓一番，坐上的士，兴致勃勃地前往了。

且不说激光影碟的魅力，且不说迷离灯光的勾魂，且不说青春韵律的动人，且不说女士们高髻、柳眉、玉肩、楚楚动人的曲线，且不说男士们鬈发、剑眉、亮眼、双臂合抱的自信，光是那引路小姐的高度、风度、似笑非笑的温度，就能把我这个城里的乡巴佬镇住！我觉得别扭，我感到呼吸不顺畅，我仿佛到了一个奇异的陌生世界，我很想停留几分钟开开眼界后就离开，我心里很矛盾，很不平衡，到了现代化的娱乐场所，获得的不是轻松而是紧张，那还是头一回。我第一次深切感到自己的审美情趣与时代浪潮的差距。

喝了几口可乐，我的心才安静下来，才进入这特定的香雾暗动的声、色、光的氛围。哟，瞧瞧这台下男的、女的、老的、少的，这挺起胸的、低着头的，这踌躇满志的、怯生生的，这会念的、会吼的、会唱的，反正一走上台，一拿起话筒，在阵阵掌声的推动下，都能把整首歌拿下来，而且有个普遍的规律：越唱越投入，越唱越有感情，越唱越进入兴奋中心，越唱越善领风骚！

我似乎悟出点道理：快节奏、高效率的都市生活，人们需要感情的平衡、协调、补充，而卡拉OK正是满足这种需要的好去处。在这里，相互宣扬，相互分享，相互承认，相互欣赏；在这里，无股级、科级、处级、局级，无烦琐的俗礼、客套，无尊卑之别、长幼之分，彼此都是平等地来乐的、来唱的！难怪它如此兴旺发达！从这个窗口不也能发现此地经济繁荣、百姓祥和安康吗？人们从卡拉OK里走出来，心里热乎乎、甜蜜蜜，待明朝，走进各自的岗位，又谱一曲新的乐章！啊，我在为卡拉OK做广告了。

轮到我儿子唱了。平时他也哼哼，不是念经就是干吼，最高水平是在浴室里杀猪。有时听了让人心烦："喂喂喂，本人胃神经受不了，行行好吧。"他答道："你少听多怪。流行的通俗歌曲就是这样的，听惯就舒服啦。"嗯，还有，他瞎胡闹，可以，正正经经，大庭广众唱支歌，绝对没门。啊，此刻，我睁大眼，他，我儿子，竟毫不含糊，大步流星上去了。还真似模似样，手拿话筒鞠个躬，笑眯眯："我唱的歌叫《朋友》，献给在座的我爸、我妈、我秦淮河边来的阿姨！"

我的心还真怦怦然呢，侧耳细听，歌声并不干涩，挺有情分："繁星流动，和你同路，从不相识开始心接近，默默以真挚待人……"

这是我儿子吗？分明是我儿子，我似乎不认识了。他提前进入多元的社会了，他超前地显现出一张新的面孔了，是惊是喜？一下子，震麻了我这个做父亲的神经！

怎么了，这么热情的掌声，我聚精会神一盯，啊，是老林。

没错,瞧瞧:适中的个头,鼻梁上架着金丝边眼镜,左手插在裤兜里,步履潇洒地走向前去,他身后跟随着一位秀发披肩、神态优雅的年轻女郎。他俩双双行鞠躬礼,老林笑容可掬,女郎斜斜肩,小鸟依人。他俩同唱《敖包相会》:"十五的月亮升上了天空哟,为什么旁边没有云彩……"多么熟悉的歌声,你走进了我的从前,我走进了你的现在!太"爆棚"了!一则,这歌是50年代的爱情歌,旧歌新唱,独树一帜;二则,男女齐齐唱,运腔优美,感情浓郁;三则,老林五十出头,小姐三十多点。反差大,落差美;四则,老林是局级干部,竟敢如此抛头露面不怕闲言碎语。妻问:"是他夫人?"我摇摇头。"是他女儿?"我摇摇头。妻不出声了。我道:"如今,练气功有气功伴,打太极拳有太极拳伴,跳舞有舞伴,卡拉OK当然也可以有OK伴。"妻说:"七伴八伴,天下就多事了。"我没有接下去发表议论,何必讨骂,识趣点好。

总而言之,这一夜,我过得很新鲜,我穿行在现代审美的迷宫里。离开时,我在心中默默地说:可爱的卡拉OK,我这个城市里的乡巴佬还要回来的!

1990年9月

孤单的鸳鸯

——男人50岁之四

在我们绿茵茵的大操场东侧,有一幢爬满紫藤的楼,被紫荆、白兰团团围住的楼。楼里住着有点名气的教授们。这间艺术学院的人给了它一个蛮有嚼头的雅号——老鸳鸯楼。说白点,教授中有好几位的子女,在这两三年里,陆陆续续东渡日本,南飞澳大利亚,入婿旧金山,远嫁多伦多,参加世界大串联去了。剩下一对对老鸳鸯,在夕照的校园里默默地散步。其实,认真讲,他们都不算老,都是50岁左右的人,不过,在青年学子眼里当然应该冠以"老"字的。近来,又有了新发现,有好几对现在变成单数了,夫人无影无踪了。

太蹊跷了。周末,我去探访老鸳鸯楼里的美学教授赵兄,平时我跟他挺能神聊的。"美丽的她远走高飞了!"赵兄神色凄凉地说。

"听说了。"我点头而答,"花开花落就是永恒,思想包袱不必太重。"我也只能如此劝慰。他的夫人是钢琴调音师。1965年初进学院工作时，是个水灵灵的、脸像画出来一般的美人儿，而且，又偏爱穿一双红色高跟鞋，穿一条百褶黑裙，走起路来，摇曳生风。"红鞋子"的爱称也就不翼而飞了。那时，赵兄从北大毕业不久，个头修长，面目英俊，风度翩翩，站在讲台上讲《美学概论》，滔滔不绝，笑声迭起，曾在多少女学生的心里发生过"七级地震"！也不知赵兄用什么法术，挑走了钢琴系的"系花"，天底下又多了一对天造地设的好夫妻！让人吃惊的是，20多年中，他俩经历了风风雨雨、翻翻滚滚、跌跌爬爬，给外人的印象始终是诗礼传家呢，从他们家蓝底白花的窗帘里，压根儿就没有飞出过一丁点夫妻不和反目的分子。怎么突然间霹雳一声分居了呢？而且分到万里之外去了，而且都到这么一把年纪了，而且女儿已去了多伦多，他们已是做外公外婆的人了。难以理解，世事莫测！

赵兄轻叹一声，打开话匣子："章兄，夫妻之间共苦容易同甘难哪！如今她一走，剩下我孤零零一个，唉，这空旷的三房一厅，简直是座深山里的寺庙！你瞧这一箱箱的速食面就知道我过的是什么日子！"

"慢慢说。"我替他斟了茶，"倒苦水吧，人的感情是需要宣泄的！""这几年，我出了几本美学论著，又在外边兼点课，为画家们写点评论、序言之类，收入是蛮可观的。我在香港开大巴的弟弟又负责我的全部电器化，嗯，三菱牌空调机也装了。

唉，她就不愿过这安生日子，这几年折腾就没停过，先是吵着要跳槽，说：'连钢琴系三十才出头的小讲师也来吼我，说我钢琴调音没调准！算了算了，我干吗要侍候大少爷、小少爷。'接着，闹着要进某学院的干部大专秘书专业班，这专业跟她不对口，而且，人家规定是35岁以下的科级干部，她不符合，当然不批准。我横说竖说，风波才平息下去。不料，她又出新花招，要去学《新概念英语》。开始兴头挺高，三个月下来，就力不从心跟不上了，反咬一口，埋怨我不认真辅导，'桂林火焰'哪里去了？说当初对她的爱情全是假的！"

"我听不懂，啥叫桂林火焰？"

"是这样，1965年暑假，我们热恋，手挽手，甜蜜蜜，同游桂林。眼前，大自然美不胜收、百姿千态的景物，全成了黑夜里的黑牛，我留心的是她对我的感觉，她注意的是我对她的那份温柔。又是没完没了的山盟海誓，又是鼻尖对鼻尖哈哈哈傻笑。因此，我得出结论，审美是不允许同步干扰的。美景和美人绝不可能兼得。这就是她说的'桂林火焰'的由来。唉，她全是胡搅蛮缠！于是，我们就三天两天地吵架，小吵、中吵、大吵，关起门来吵，放大音响吵，密不透风，外边人一丝不觉地吵！"

我听了笑道："唉，我们知识分子真没治，什么都死要面子！放心放心，尊夫人一定会回来的！"

"怎解？"

"她是受大时代浪潮的冲击，迫不及待地要实现自我。40多岁的女人，正值第二青春期，自我需要占主导地位，但又不得要领，往往是端着金饭碗去讨饭。让她去异国体验一阵，蹲在小洋房里，天天给外孙洗尿片，这日子也不是好打发的。上得街头，她语言不通，又是聋子又是瞎子，有啥味道。人最擅比较，你试试看，花点血本，通一次TDD（长途直拨），她肯定会感动，她迟早会回到这宇宙间最安全的地方！"

"好主意，好主意！"

"记住，今晚就拨！这世界，通信设备一流，偌大的地球行星成了小小的地球村，彼此近得很！"

"是的，是的。"赵兄显得颇有信心了，陡地站起来，叉着腰，若有所思地眺望着窗外的月色。突然，他"噢"了一声："章兄，那不是'华南虎'老杨吗？"

老杨，擅长画虎的国画家。他的《十虎图》威猛中透着憨相，与众不同，十分可人，在珠海市展出，一澳门富商以20万港币当场拍板。此事，在岭南画坛掀起过冲击波！此刻，他在校园小径踽踽而行。听说，他早晨、中午、夜晚，都要嘴上叼根烟，满脸乌云密布，在校园转圈儿，风雨无阻。还是学生眼尖，男教师满园转，女教师猛抽烟，一定是发生婚姻危机了！此判断没有错。老杨精瘦矮小，又出奇的黑，加上性格孤僻内向，爱思想、爱艺术，不爱洗澡，一连两个星期，除了去饭堂打饭外，可以在6平方米的画室里泡！所以，爱神丘比特迟迟不愿敲门。当然，还有一个主要原因，那些年，他下有3个弟妹，上有高堂老母，都靠他接济，那时，他61元的工资要寄走一大半，自己每天还得抽一包劣质的百雀牌香烟，自然囊中羞涩了。1978年后，情况大变，弟妹都"出道"了，他的画开始50元一张，现在一根虎须就值50元，怎了得！穿着当然也略有讲究，头发也不再是一堆乱草。三年前，他已47岁，经朋友介绍，跟一位女售货员谈过45分钟恋爱。流花湖公园，葵林小路，女方问一句，他答一句，他心慌慌，找不到话题，只管下意识地嚼南乳花生米，竟忘记请对方也尝一粒。走至公园边门，女的说声拜拜，腰一扭，人影不见了。后来，谁提他的婚姻之事，他就火："你吃饱了撑得慌？"也不知谁搭的线，认识了一个如花似玉的四川妹，身高超过一米六，芳龄25岁，穿高跟鞋跟他走在一起，高出半个头，好心的朋友婉言相劝：

"喂，大画家，你垫高枕头多想想，平排走，你是她的爹！"

"爱情的全部秘诀就在于平衡，不平衡就会倾斜倒塌！"

"你对她知根知底吗？会不会冲着你的钱来的？"

可惜，老杨已坠入情网，什么意见也听不入耳。他一意孤行，独执偏见："你们别吵吵了，是我结婚，又不是你结婚，怪哉！等着吃喜糖吧，我们的爱情已结成死扣！"

多么坚定忠贞！不久双双连理。婚后三个月，谁都发现老杨的脸涨了，眼睛亮了，步履洒脱了，话也多了。爱情的神奇的力量啊！又过了三个月，一天，老杨去深圳小住两天，参观一个画展回来，天哪，整个家全给翻箱倒柜了，5万元活期存折没了，1

万元电力债券不见了，满抽屉的画稿飞了，连写生的草稿本，里面画的全是虎头、虎脚、虎骨也都给"啃"了！好在老杨有一条神经还是清醒的，另外10多万元到期的、没到期的存折，统统夹在书架上的《鲁迅全集》里，真是不幸中的万幸！从此，老杨整个人像从冰窖里拉出来一样。

赵兄不无感慨地说："他总算拥有过。"

我说："他总算被骗过，画呆子啰！"

赵兄："你说他往后怎么办？"

我说："别担心，天涯何处无芳草！老杨的价值在，虎气在，过了这一阵无奈，又会出现春天！"

"哈哈哈，你总是很乐观。"赵兄的情绪难得不错，"煮我家乡的潮州工夫茶——凤凰茶，很纯正的凤凰茶。"他忙着搬出紫砂壶，反复地用热开水烫。这时，铁门有人轻叩，趸足而入者，钢琴系张教授也。他的夫人是医学院老讲师、胸科主治医师，论文曾在日本东京世界性的会议上宣读过，而且获得好评。因平时嘴不饶人，她得罪了上司，给压了，就是评不上副教授，一气之下，托了外面的亲戚，自费到美国旧金山讲学去了。一去半年多，在水一方，张教授尝够了相思之苦："少年夫妻老来伴，没了伴，没了个唠叨的妻子，没了个顶嘴、吵嘴、冷战的对象，吃什么也不香啊，活得不是滋味啊。人啊人，人最怕的是孤独！"

张教授今晚神采飞扬，变戏法似的拿出一瓶绍兴花雕："来，各位，人醒仙醉！"他从口袋里掏出两包腰果！

"乐事？"我问。

"乐煞人也！万里飞鸿，我妻告知，珠江三角洲某市赴美考察团的团长当面承诺：只要她愿意回国，就聘请她为新落成医院的胸外科主任。他们正打锣一样地找这方面的人才，想不到在旧金山遇上了。这样，我妻决定三个星期后，去芝加哥探望儿子，然后直飞香港回国。她还说：'我们都是中华儿女，到头来还是要吃中国这条水，这条水最甜！'"

"啊，啊，张兄，你熬出头了！"赵兄也颇激动。

"都会出头，都会出头。啊，'文化大革命'时在粤北金鸡岭刨山，谁也想不到还能重上讲坛，头上还能有一顶教授的桂冠。后来房子分到了，彩电也有了，可以安安心心弹琴、唱歌、画画、做学问了，一个一个，偏偏又会在50岁的年纪，遇上了这样那样的新问题，人生大舞台，舞台小天地，言之有理呀！"

"各位，先说到这里，我们喝花雕吧，花雕养颜！对了，有话梅吗？话梅放入酒中，更能吊出酒的醇香来。"我说。

"有话梅，有话梅。这还是我夫人留下的！"赵兄喜滋滋地说。

"那就更妙不可言了。"张兄高兴得手舞足蹈！

这时，窗外飘来悦耳的歌声："老朋友怎能忘记过去的好时光……"

大家沉醉在歌里，在酒里，在对妻子的梦幻里。

1990年10月

美之焦虑

——男人50岁之五

真是皇帝不急太监急，吴成思总工程师的婚姻成了建筑设计院的热门话题。他夫人临终时，一张纸似的贴在病床，声线如丝："听话，你要娶一个……"悠悠两年过去，他的婚姻仍无指向。设计院的工会主席就介绍过好几位相当的人选。他婉言谢绝：急不得，感情要转过弯才行，等等吧。唉，等什么？50岁的人了，头顶已开始出现"地中海"。况且上有岳母大人，下有双胞胎女儿，人家肯下嫁，他却端在那里，也不想想机会越来越稀！议论归议论，吴成思仍岿然不动！

隔了几个月，桂花飘香时节，他的那条爱之神经抽动了，兴冲冲跑来对我说："章兄，麻烦麻烦，简直是一锅粥啦！美之焦虑，美之焦虑，奈何，奈何！"

此话，没头没脑。品了三杯工夫茶，才给我说了下边一串故事——

先是办公室的收发员胖妹发动了"秋季攻势"。他眼尖地发现近来胖妹着意扮靓：中袖低领白西装，黑底银点筒裙，贴脚黛青高跟鞋，秀发束高髻，飞来一只"紫蝴蝶"。中午或傍晚，久久驻足在大院的光荣榜前，对着吴成思的大彩照发呆。有心人传话给吴成思。他听了心知肚明，他的抽屉里已锁着胖姑娘的8封炽热的情书，平均3天一封！言辞恳切之极：一、结婚之后，我这个后娘虽比你的女儿大几岁，但我会像亲姐姐一样待她们；二、你的岳母，也就是我的妈妈，我会像亲闺女一样侍候她老人家！吴成思60年代毕业于堂堂同济大学建筑系，不仅懂得西班牙建筑语言、哥特式建筑语言、光亮派建筑语言，也懂得爱的语言、美的语言。胖姑娘粉脸莹莹、心地善良，这般痴情，他为何不动心，问题是相差整整26岁，这条沟坎如何也逾越不过去！虽说时代不同了，如今新潮，但人言可畏啊！他们相约流花公园的葵林率直地谈了一次。

…………

吴："我十分珍惜你这份感情。"

胖："你要真是珍惜就爱我！"

吴："世上好男人多多，我可以做你的爸！"

胖："我理解你这块心病。我会用我的行动封住人家的嘴！你再老我也爱，我爱你男人的这份成熟、这份潇洒、这份成功！"

吴："岁月不饶人，我血压偏高。"

胖:"你别吓我,我不怕!可贵的是曾经拥有!一个美丽的黄昏胜过一百个平庸的早晨!况且你正当中午!"

吴:"好姑娘,你漂亮又年轻,把我忘掉,我靠不住,我是一座冰山!"

胖:"我是冰山来客!"

…………

"结果怎么样?"我饶有兴致地问。

"没结果,我将感情的大门关紧。"

"会不会残酷了点?深圳有位作家,46岁找了个21岁的湖南电大毕业生!"

"唉,人的观念,有时相差几岁就是一个世纪!这件事后来也就风平浪静了,胖姑娘过道上碰见我就像陌生人。啊,今年我家阳台上的篏杜鹃特别灿烂!"

"你交桃花运了!"

"好像是,一位鞋店的女店主看上我了。"

"哟,如今50岁的男人行情看涨!"

女店主风风火火,高中毕业,人缘很好,人称翠贞姑娘,芳龄32岁,相貌端正,而且腰缠万贯,还是区个体劳协的委员,可惜千拣万拣,一直没拣中如意郎君。设计院的后生仔去买皮鞋,偶尔提起吴成思,翠贞姑娘竖起耳朵。一次,后生仔们陪老吴来买鞋,算是巧遇。也是有缘分,老吴约友人在聚仙阁小酌,偏偏翠贞姑娘就端坐在邻桌,彼此点点头。她用完餐飘然先走了。待到结账时,他发现款已由女店主付了。这怎么行?第二天,老吴去还钱,女店主高低不收,并说:"你一定过意不去,权当我请客,礼尚往来,你可以还请我一次,谁也不欠谁啦!"

"就这样,我们在不知不觉中你有心来我有意了。"

"坠入情网?"我问。

"此话还早。不久,我们到海鲜舫吃龙虾,她抿了几口啤酒,脸色桃红,眸子似雨后的星星,光亮逼人。她脱去外套,一件紧身洋红短袖薄羊毛衫。玉臂生辉,叫人心跳!这一晚,她当主角,说了许多肺腑之言。"

"你感动之极?"

"不,我打退堂鼓了。"

"为什么?"

"丑话说在前头。当时,我净讲我的条件如何如何不好。她听了,排炮似的压过来:'你说的,我一点也不计较!我就是喜欢你这样事业上有成就、知书达理的男人!这样的男人,既是丈夫,又是老师,也是哥哥,三位一体。我周围,手指上架个大钻戒、包里装个大哥大、银行里存款六位数的男人还真不少。我呀,当他们没来!这些男人,俗不可耐,一看见女人,就酥了骨头,像松毛松翼的公鸡,恨不得马上跑过来,休想!说得实际点啦,你当总工程师,每月也不过薄薄的5张100元,辞职不干最好,我们夫妻开个建筑设计公司,你画图纸,我拉生意,包你不出三年,钱似猪笼入水,富翁当定了。到那时,自费出国旅游,什么地方不能去？要罗马就罗马，要巴黎就巴黎，威尼斯、好莱坞，人家去得，我们也去得！'说真的，听了她这席话，我当场有点晕乎。她瞧我不大舒服，立刻在我太阳穴上抹清凉油，轻轻摩挲，惹得周围食家们投来一束束惊羡的目光。唉，翠贞姑娘讲的也是无遮无掩的大实话。她是热肠热肚的女子，想必爱起一个喜欢的男人来一定是热辣辣的。可惜，我预感到我不可能讨她欢心的，她的远景构想无法引起我的共鸣，我怎敢一脚迈进琼楼玉宇？"吴总工程师说得颇感慨。

"照你这么说，你们之间没有出现要死要活的高潮？"

"没有没有。大潮骤然退去，一片荒凉的海滩！"

"啊，简直是小说题材。"

"是啊，过去只知道一头扑进工程里，对这个神奇无比的感情领域实在一无所知，如今你牵进去了，外边的世界真美丽、真丰富啰！"

"还有好听的吗？"

"有，有。上个月，朋友给我介绍了一位话剧团的女导演。"

"太棒了，羊肉串似的一串串。"

"女导演风姿绰约，38岁。脸蛋好像一流工匠潜心雕刻出来一般，具有东方古典美，尤其当清脆的笑声飞起，齐肩秀发在耳边荡来荡去，荡出阵阵玉兰油的芳香，使人心魂不定，我们从昆曲《十五贯》说到京剧《玉堂春》，从祝英台《哭灵》讲到林黛玉《焚稿》，从话剧走进低谷，谈到电影院门可罗雀。朋友忠告过,跟文艺界的女性谈恋爱,要勤铺垫,慢切入,贵在投入。"

"哈哈,如今你也有板有眼了。下文呢?"我说。

"一枕黄粱!"

"为何来?"

"你听我说,别瞧女导演斯文晶莹,干活还相当麻利。有一次,正巧我运煤气至楼底,她不期而至,二话不说,高跟鞋一脱,一个人,一口气将煤气拎到六楼。她说,自从跟丈夫离婚,孤单一个,丫鬟小姐都是她了,锻炼出来的。"

"太值得同情了。"

"我也这样认为。很快我们就升温,似电光石火,她眉宇间隐隐的凄云忧翳一扫而光。"

"是的是的,男人没有女人愚蠢,女人没有男人憔悴!爱有特殊的功能!"

"不久,我思想上有了疙瘩。事情是这样:她在我书房聊天,一个晚上就有六七个电话追过来找她,相识满天下呀!"

"你应该有些气度,搞文艺的,社交广,姐妹间爱宣泄,煲煲电话粥,很正常!"

"道理上我懂,心里就是有点别扭,再说,来电话的全是清一色的男性!"

"异性相吸嘛,她又是独身女艺术家,风情万种,人家追是人家的事,只要她对你一往情深就是啦!"

"我也是这般平衡心理的。她也说得很坦荡:'我独身三年，当然也有过密切的异性朋友，耐不住寂寞，我也结识过香港皮包公司的经理，他们的目的无非是想在广州有个相好，好解闷、解馋。其实，在香港，这样的老板比巴黎街头的狗还多，不屑一顾的！总而言之，我们向前看，你要信任我，我心底清明。'"

"合情合理。"我说。

"我也这样感觉。可是两个女儿反对，她们说：女导演，起码是半个女强人，满世界跑，谁照顾爸爸？再说，演员们，天天男男女女混在一块儿，又哭又笑，又啃又咬，真真假假，感情肯定打个问号！真想不到年轻人也有这种陈腐传统的偏见。孩子们这样的话在耳边吹多了，我也有些心大心小了。还有，老岳母也表态了：家有娇妻是祸根！于是，我彷徨，我犹豫，我矛盾，我降温。女导演是何等聪明之人，当然感觉出来了，她说：'你会设计几十层的摩天高楼，就是不会营造一个小小的美丽的港湾。'"

"后来呢，割袍断交？"

"见过两次，彼此热情锐减。命中注定，罢罢罢！"

"这么一来，你确乎是患了现代风向标的美的焦虑症了。莫气馁，楼往天上砌，情往深处挖。有新动向乎？"

"本周末，朋友要给我介绍一位中学的化学教师，33岁，据说颇有淑女风度，是一位挺女人的女人！"

"那么，你要抓紧，抓而不紧等于不抓。"

"一切都难说,我经过这一段时间的折腾,越来越胆怯了,越来越缺乏信心了。"

倒也是,50岁的男子,身后拖着长长的历史影子,要超越自我,真难啰!

1990年11月

老项画虎

——男人50岁之六

老项虽是大学物理系的讲师,两房一厅住着,14英寸的彩电看着,人造革的沙发坐着,但比起周围大红大紫的朋友们就相形见绌啰,还得气喘吁吁地挑着蜂窝煤上8楼,为的是煲汤用,省煤气。尤其使他心态不平衡的是老婆如今比他有出息了,小小杂货店的小会计,竟然月收入上千元,而且还有人登门请她去"炒更",把他这个大讲师晾在一边。唉,世道大变,知识贬值,教授满街走,讲师多过狗!奈何奈何。好在老项平时喜欢丹青术,尤其崇拜"八大山人"的山水、花鸟,你瞧这普普通通的雀仔,寒风孤树,傲然而立,何其有骨气。于是他铺上宣纸开干了。嗯,画得也有几分像哩。画了数月,他不满足了,开始专注地画起虎来。想想看,一只华南虎,于五岭之巅一吼,天哪,地动山摇。当然,"初生"之虎,有点似猫,而且病恹恹,没精神。不过,皇天不负有心人,连他老婆也有保留地鼓励了他一句:

"能认出这是虎，可惜营养不良，多喂点料啦。"他听了也不作声，仍潜心作画。遇上吉人，一位菩萨心肠的女画家帮他添了几根虎须，又让虎尾收紧，并在老虎头上题了一行字，"老虎头上敢拍苍蝇"，这样，此虎终于跃上了报端。老项大喜若狂，奔走相告。也是时来运转，他画的老虎，在一次义卖救灾活动中，让一位洗脚上田、附庸风雅的乡镇企业家以3000块给"雅"走了。从此，老项在大学里声名大振，终日以虎为伴了。他老婆这回挺虔诚了，道："大器晚成，好好画吧，各色进口颜色我给你买，家务事再不用你做，我给你请了一个小保姆，明天她就到位。"

福兮祸所伏。一日，老项从深圳出差归来，放眼四望，满地狼藉，家里给翻箱倒柜啦。细细一查，五雷轰顶，他的10多张虎画全让小保姆给席卷而去了。气得他七窍冒烟，血压上升，只得住进了医院。

世上事也真凑巧。跑得无影无踪的小保姆挨人打了，打得不轻，也进了这家医院的急诊室。其原委是：

小保姆将卷走的"老虎们"卖给了一个财迷心窍的收购佬。结果，收购佬被人取笑不说，白白亏了8000人民币外加500港币。收购佬岂能罢休，找到小保姆算账……

谁料白衣护士多嘴，在老项面前说了这个滚热辣的故事。偏偏还加了一句："项老师，你要当心，你家的老虎没给偷吧？我可要讨你一张真老虎，也好挂在客厅里镇邪！"话音未落，老项唇白面青，呼吸急促，手心冰凉。吓得小护士直在病房门口大喊："快来人哪，项老师听到老虎就发作啦。"值班医生没听清楚，匆匆赶来："有没有搞错，医院病房会有老虎？"

1991年2月

《头啖汤》里喝出好世界

广州人爱喝"头啖汤",原汁原味,鲜香可口。用它来比喻人生态度,即做事要争头牌,要敢于创新,要不甘落后,要从"头啖汤"里喝出好世界!近日,观广州广播电视台拍摄的八集大型纪录片《头啖汤》,的确煲得鲜美无比。它从"市场""开放""文艺""乡镇""热土""制造""科技""枢纽"8个方面,全方位、多角度、真实而又深刻地讲述了广州改革开放40年来生猛又温暖的故事,叫好又叫座,它是纪实片中的经典,也是广州广播电视台继《外来妹》之后从"高原"走向"高峰"的又一杰作!

一个深刻变化的改革开放的伟大时代,必须由与之相匹配相适应的文艺来表达。《头啖汤》的出现是时代的召唤,也是人民的期待!广东、广州,是改革开放的排头兵、先行地、实验区。珠江儿女在改革开放思想光芒的引领下,在这片热土上,在广州这座英雄的城市里,进行了大胆的探索、大胆的应战,勇饮"头啖汤"。20世纪80年代,中国改革开放之后第一个电视选美赛事"美在花城"在这里诞生,成为广州本土当之无愧的时尚名片;广州第一个解决市民吃鱼难题,同时开放了河鲜市场、蔬菜市场、生果市场、三鸟(鸡鸭鹅)市场;国内第一家合资经营的五星级酒店——白天鹅宾馆在这里开业,第一个喊出了"恭喜发财";第一个流行音乐茶座在东方宾馆华丽登场;第一个实行"以销定产"的白云山制药厂一跃成为行业领头羊;杨箕村成立了全国第一个农村股份制合作经济联社,村民既是劳动者又是股东……这一系列重大变革举措,都是吞了"熊心豹子胆"的广州人干出来的,他们通过坚持不懈的奋斗,圆了一个又一个中国梦。这些都充分显示了广州市政府与老百姓的心心相印。接着,这里的人民继续马不停蹄,痛饮"头啖汤",开创美好未来。在汽车、信息技术、人工智能、生物医药、新材料、新能源等生产领域,夯实雄厚基础,收获巨大。《头啖汤》的策划者、编导们"心向上",把准了时代脉搏、时代走向,将广州这座英雄之城、魅力之城的历史性巨变,用一个又一个闪光的镜头,有温度、有深度、有高度地呈现在观众面前。

　　《头啖汤》的创作,难度相当大。它要用事实说话,要通过当事人的视角和他亲历的历史细节来讲故事;要说得典型、说得有代表性、说得精彩,还要说得有视觉冲击力,很不容易。改革开放至今40年了,今天要从历史的高度去观照、去发现、去选择、去认识、去分析,去判断那如烟往事。而这些往事的珍珠,就散落在广州珠江两岸,散落在全国,乃至世界各地。这就要求广州广播电视台纪录片中心的编导们在"心向上"的同时还要"脚向下",去"探宝",去发现那些珍珠,将它们穿成光彩夺目的艺术品。这就考验着编导们的脚力、眼力、脑力、笔力、拍摄力。而事实证明,一个个镜头的背后都闪现着他们坚定自信的青春面容。他们的工作很出彩,从内容到结构都达到了国内纪录片的一流水平,这对于广州广播电视台来说是一部具有里程碑意义的大作,拍摄团队的敬业精神让人满怀敬意,他们的艺术实践成果更是令人赞叹不已!

《头啖汤》这部大型纪录片还具有非常可观的文献价值。10年、20年、30年之后,相信《头啖汤》的内容对那时的观众来说,依然会十分鲜活,年轻的朋友们可以通过这部作品,看见他们的父兄、先辈,是如何从风雨中走来,如何励精图治,又是如何以博大的胸襟、百折不挠的勇气和毅力开创美好未来的。那是激情燃烧的时代记忆,那是改革开放再出发的嘹亮号角!所以,应该让这部史诗般的纪录片走进校园,多让学子们观看。它是多么真实、生动、形象的乡土教材,饱含着多么鲜明而又高昂的时代精神啊!

2019年1月

傻有傻福

2005年早春,薄雨渐止,日照朗朗,簕杜鹃在横街窄巷的矮墙上,摇头晃脑地向外张望。我灵机一动,去天河体育中心瞧瞧。那里时尚华美的高楼肩挨肩高耸挺立,有的晶钻黑,有的蓝宝石,有的橙子黄,有的苹果青,阳光下显得格外璀璨夺目。我的目的非常明确,在那边的小区里,给儿子买一套新房子,可囊中羞涩,才40来万元,付首期是够的。也行,欠下的让儿子自己去按揭,替银行打工,不给点压力,儿子仍是"月光族"成员,而且他也30岁左右的人了,不替他弄套像样点的房子,谁家姑娘肯嫁啊。还有,不大好意思启齿的,20世纪60年代初,我在天河体育中心附近读大学,大中午,烈日当头,跟女友手牵手,在这儿泥泞的田埂大路上眉来眼去"拍拖",这里留着我青春热血沸腾的记忆!我转了几个楼盘,价格都是在每平方米1万元左右,下不了手。来到龙口西路见一楼盘气派堂皇,均价才7500元一平方米。我两眼发亮,心儿怦怦,便宜货,进去一看,不错不错,小花园、游泳池、健身房、儿童游乐长廊全齐,我二话不说,在

风一样开阔的男人

售楼小姐陪同下交了1万元定金,敲定一套东北向的124平方米的三房一厅。我懂,买房这种大事,最怕三心二意,误了时机,最怕没完没了地开家庭会议,争个不休,我是一家之长,我拍板!因为有前车之鉴啊,我因买房,当过一次大傻瓜,被人讥笑,说我枉读诗书,还是教授哩,智商为零!事情是这样的:我住的房改房80平方米,按我的级别,不够面积,可在白云山下的"教师新村"再买一套两房一厅,不过要按市场价补交20万元,不要也行,我可获得补偿款3万元。于是一家三口"开会"研究。儿子说:"我无发言权,听爹妈的。"妻子说:"白云山下那么远,买来做什么,又不去住,养鼠聚蚁啊。20多万也不是小数,你吃粉笔灰爬格子的辛苦钱容易吗?"我说:"倒也是,多一套房子多一个包袱,多一桩烦心事,罢罢罢!"后来,这事被亲朋调侃了好久,说我是广州府里第一大傻,可名垂高校史册。也有人说好比一位美女对你钟情,偏偏木头木脑,让她在月光下回眸一笑而过了。我也会宽慰自己:一家大小14平方米、热辣辣的"非洲楼"住过,晚上备课坐在小饭桌前,脚浸水桶里避蚊,厨房在走廊,厕所公共的,洗澡拎水上天台。38平方米的也住过,腊肉腊鱼挂在小厅墙上滴油,滴在头上香喷喷。现在住进80平方米的房改房,"豪宅"啊,天堂哩,知足吧。如今又有闲钱可在天河体育中心买套电梯房,幸福得很啊!我请朋友喝小酒,参观新房子,我捡到了宝啊,7500元一平方米,哪儿找?该庆贺吧。谁料,天有不测风云,此楼盘高33层,是违章建筑,因房地产开发商多盖了楼层。房产部门说不能给住户发房产证。天啊，晴天霹雳，我又当大傻瓜啦。转眼一想，不理那么多，现在第一要务是让儿子结婚拜天地有新房，没房产证，等呗，终归要解决的，又不是我们一家子，况且，这楼盘里住着不少媒体记者，他们年富力强，人脉广，能喊能叫。过了三年，地产商乖乖交了巨额罚金，皆大欢喜，我们都领到了房产证。如今，我们楼盘对门就是大名鼎鼎的广州中学。沾光哩，楼盘成了学位房，每平方米的价格让你笑得合不拢嘴。一位智者说得好，买房，第一是地段，第二是地段，第三还是地段。这天河体育中心是广州的龙口宝地啊！不过，再仔细思量，我的两次犯傻，不也佐证了时代在进步，人民生活在改善？你儿子总归住进了天河体育中心的新楼盘了嘛。

2015年5月

电视机咏叹调

十年前,一个骄阳似火、暑气蒸腾的下午,我大汗淋淋,小心紧张地推着自行车,穿过熙熙攘攘、人流如鲫的北京路,不时地回过头,瞧瞧尾架上的那个精致的纸皮箱。跟在车后当保镖的妻子笑盈盈地飞给我一个眼神:"没事,挺安全的。"是的,很好,太棒了,我也有一台日立牌12英寸黑白电视机了,刚刚买的,花了整整500元哩。

我的心怦怦然,将乳白色的"宝贝心肝"端放于大床中央(寒碜,那时斗室之中连个五斗柜也没有),然后移过一张小方凳,坐在那里眯眯眼,瞅着这个尤物。嗯,乳白色的电视机,分明凝聚着日本海澄碧的波光和富士山明丽的山影。这玩意儿比看连环画有劲多了,想象中的画面一定是俊逸飞动啊!

妻瞧我这番傻气,说:"何不接上电源先睹为快?"

"别急,莫动!一会儿,找个内行的!"

"这有什么内行外行,看一遍说明书,不就得啦!"

"嗨,就这么欣赏欣赏不挺好。啊,满室生辉,你感觉到了吗?"

"我感觉不到!"

"你也坐下嘛,等儿子从幼儿园回来,合家欢!"

"好吧,你最好将它搂在怀里!"妻友好地揶揄敝人。

莫见笑。十年前,一介穷教书匠的我舍得下血本,买台12英寸电视机回来,实在是件大事,实在是爱子心切!有一次,5岁的儿子号啕大哭,上气不接下气地奔回家来,呼叫道:"爸爸,爸爸,他们不开门,不让我进去看电视!"我听了好不心酸,细细一想也不能责怪邻居,孩子不懂事,每晚去,好烦人。我把儿子拉进怀里:"别哭,乖,爸爸买,爸爸说话算数,爸爸下定决心,排除万难,明天就抱个电视机回来,让我的乖儿子看个够!"

我新买的12英寸电视机,当晚就开张大吉了,小客人还真不少。为增加"节日"气氛,妻子还将一包包巧克力糖豆分给小朋友们。我呢,乐滋滋地抽着烟,站在房门口,激动得心神不定,与其说看电视,不如说陶醉在这美妙的氛围之中。后来,换了17英寸的黑白机,换了18英寸的彩电,换了24英寸方角遥控彩电,都没有这样激动过,都没有出现过瞬间的感情的辉煌了,这倒不是我薄情,而是"初恋情人"最难忘啰,人世间,最可贵的是第一次的体验!

说来凑巧,不几日,我去探望出版社的一位学识渊博、为人坦诚、家境寒素的老编辑邝兄。咦,他也买了一台电视机,9英寸的。他告诉我,当晚,盛况空前,不到10平方米的小厅里,前前后后来看"新媳妇"的,竟达30多人次!他告诉我,是夜他失眠了。我理解他那悠悠的心。这小小的9英寸的荧屏,不正是春之瞭望台吗?那激越的、充满生命力的奔腾不息的春水,不顾冰雪严寒,翻山越岭,一路呐喊、一路欢歌啊。我想,他一定会有这诗、这画、这心境。

"邝兄,这失眠值得!"

"值得,值得!"他浓重的四川口音里,夹着几多欣喜。

附带补充一点,前几日出版局的俊年说:"你知道花城出版社谁家电视机的尺寸最大?"我摇摇头。他来神了:"邝大哥家拥有最大的尺寸!"

"大33英寸?"

"超过超过!我算给你听,最早的是那台产生过'轰动效应'的9英寸,后来晋升了,买了一台分期付款的黑白17英寸,后来一位老友送给他一台八成新14英寸彩电,再后来朋友出国让了一台18英寸彩电。济济一堂,手心手背都是肉,一个也舍不得处理,所以,你算算,加起来一共有多少英寸?"

俊年一席话,真是耐人寻味。

我说:"通常,人都有个毛病:喜新厌旧,邝兄与众不同,不简单!"

俊年:"是的,也许每一台电视机里都有一个故事,都有一段心曲,都有无法替代的风韵与情怀。啊,怀旧也是人的美德！"

　　有道理，说个怀旧的小故事：

　　广州人民北路广东画院旁边有个湖边新村（最近拆了，建摩天高楼），里边住着一群闻名遐迩的艺术家。十年前，那里的一位德高望重的版画大师，劫后余生，买了一台9英寸黑白电视机，惹得新村里的人奔走相告，雀跃不已。大师健谈又好客，所以来观赏电视节目的观众"爆棚"。大师的邻居是位雕塑大师，他的儿子性格好腼腆，心里好羡慕，心里直打鼓，真想去电视机前站一会儿，领略一番这"现代魔女"的魅力，但又不敢造次，只得推开窗户，拿起望远镜，怯生生地透过夜色中婆娑的树影，直向对面影影绰绰的荧光屏逼视。日久天长，版画大师的老夫人纳闷了，为何总有人偷看她？一日，她相告老伴："我都这么老了，有什么好睇的？"老伴听了哈哈大笑："老太婆，有没搞错，别自作多情，绝对没人偷看你的！"这则笑话，让人笑了之后就想哭！

　　岁月流逝，物换星移，当年手执望远镜窃看9英寸电视的少年人，如今一定是翩翩英俊好儿郎了，该不会忘记，该会珍惜这让人酸涩而又动人的一幕。

　　我曾把这故事说给15岁的似懂非懂的儿子听。他扔过一句话："老得没牙啰！"我一愣，年轻人对陈芝麻烂谷子不感兴趣，其实不然。

　　友人出差，从中原大地归来，神聊中说了一桩趣事：

某市，周末，鼓楼下，母女俩手拉手而行。

母："星期六晚，有两件好事，只许挑一件。"

女儿仰起脸："说吧，我保证只选一件。"

母："一是包饺子，二是看彩电。"

话音未落，女儿高声嚷道："我要看彩电，我要看彩电！"

友人为人严谨，说得认真，我听得也入神。在这率先沐浴改革开放之风的广州，这类事恐怕罕见，但对于靠节衣缩食、积蓄一两年才买回一台彩电的黄河边的寻常百姓来说，对爱女如此"苛刻"也是情理之中的事了。这不禁使我想起两年前回故乡上海去朋友家做客，看彩电时，女主人像煞有介事，将窗帘拉得严严的，我颇感诧异，怎么像搞地下斗争似的。朋友立即解释："免得别人闲言碎语，说我家钞票多。"哦，好一阵子我的思维才拐过弯，悟出一点道理。我想，我们这些在广州、深圳住惯了的人，假如以这儿的消费标准、行为准则、思维方式去观察别处的事物，那结论可能是不客观的。透过人们对于电视机的种种心态去了解偌大的960万平方公里的国情，颇有意思哩。

一年多前，我家用的是一台18英寸彩电，我心满意足了，看菜吃饭，并无"改朝换代"的念头。不料，几位先富起来的熟稔的朋友一到吾家就指指点点了。"何不换台大彩电"这类话听多了，听出道道了，原来，这电视机的功能不仅仅是看节目呢，它还是现代人系统工程建设中的一环。啊，做人难啰，做靠工资吃饭的广州人更难啰！妻子从非洲"援外"回国，客厅里始有一台方角24英寸彩电。儿子还不无遗憾呢："买台33英寸的嘛，我们同学家就有。"我听了，手一挥："行了，少攀比，你们这些小子最好去农村跟三个月牛尾巴回来才有发言权！""啊，亲爱的爸爸，我什么地方惹了你了？"是的，是的，儿子什么地方惹了我呢？他只是以现在后生仔的逻辑，说了他想说的话。不过，他倒触发了我的那条"爬格子"的神经，似乎可以奏一曲《电视机咏叹调》了。

1990年8月

甘蔗的分量

　　学院的围墙外就是菜场。那些年,妻出远门,我天天买菜烧饭。菜场里的一些档主都认识我:"高佬叔买鸡啦。""教授,买脊骨煲汤啦。"分外亲切。一日,我双眼一亮,发现一捆甘蔗,蔗头上飘着一篷绿油油的叶子。心头不由得一阵热乎,也不问价钱,买了两条粗粗壮壮的,俨然像个新入伍的战士,扛着它回家了。嚯,两根蔗,紫黑的蔗皮泛着油亮的光,顶天立地、威风凛凛,肃立白墙一角,煞是讨人欢喜。
　　在书房里爬格子累了,我会来到客厅,对着这两根蔗,自说自话:"应该写一写,应该写一写。"儿子不屑地斜睨我一眼:"这些陈年旧事写出来有人看吗?"那是20多年前特殊的年代,艰难时世。我在一所中学里任教,背上了"右倾"翻案破坏教育革命的罪名,被下放农村分校劳动,接受群众监督。上边对我道:"你满脑子修正主义,要认真改造。"我耷拉脑袋:"是的,是的,我一定要脱胎换骨。"上边又道:"你,两条道路任你选,松一松,敌我矛盾;紧一紧,人民内部矛盾。"我缩着肩："我保证紧一紧，紧一紧。"要知道，我上有七旬老母，下有牙牙学语小儿！当时，我暗暗告诫自己：凡事小心，夹着尾巴做人。所以，老老实实荷锄、拔草、挑大粪。山道上，碰见平时熟悉的同事，他们佯装不见，目光从我头顶掠过，划清"视"线哉！这也难怪，大家都是泥菩萨过河，心里戚戚然的。一天，碰见跟我同病相怜也在挨批的陈君，我忍不住地冒了一句："世态炎凉啊，我像得了瘟疫症，谁都躲避我。"陈君厉声道："混账话！你小子不做哑巴还要倒大霉！想不通，买包'丰收'牌，到河边抽去！"我将布帽往下一拉："当然，当然。"

一天，灶房弄来一批甘蔗。革命师生人人可以买一根。在"牛棚"全托的当然无权享受甜蜜的资格。我呢，"帮助"对象可以享受吗？我犯愁了。不买吧，自己把自己列入"专政"一拨了；买吧，我似乎不属革命群众范畴，弄不好又说我态度不端正，不认真洗心革面，倒悠悠嚼蔗，少不了又是一场暴风骤雨的批判。左思右想，铁了心，买，豁出去了。我有我的小心眼——试探一下领导对我的态度。好一条买蔗的长龙。我表情板结排在那里。咦，竟没有一个人跳出来吼我，当然也没人理我。队伍缓缓蠕动，我的心怦怦跳。待到我的头探进卖蔗的窗口时，对着我的是申姐一张温厚的笑脸。她向我点点头，眨眨眼，拣了一根又粗又壮又长的甘蔗过来，悄声道："章老师，你没事的，吃蔗啦！"顿时，我的心怦怦然，竟然还有人称呼我章老师，我双手颤抖，双眼潮红。我手捏甘蔗，脚步踉跄，感慨万千，低头缩肩扛着蔗，独自来到三华李林子边的小溪旁，蹲在那里，默默地、一刀一刀地削蔗皮，泪水扑簌簌地闪落在紫微微的蔗皮上……

申姐是我们中学的工友，江苏人，比我年长一点，平时，她总是笑盈盈地油印、分报、扫地，不显山、不露水。那时，学校里几乎天天有山呼海啸的批斗会，揪出来的"牛鬼蛇神"越来越多。她对挂黑牌的、敲破锣的"牛"们总是客客气气，而且嘴不改，仍然王校长、叶主任地称呼着。她神态宁静，眼神澄清，好像这世上的惊涛骇浪与她无关。我心里思忖：这恶风邪雨的时刻，她不怕让人扣上阶级异己分子的帽子？她那仁和的微笑会招灾惹祸的呀！申姐只有小学文化程度，却能辨识真伪，闪烁着人格的光辉，对比之下，自己畏首畏尾不说，平日里什么时候关注过她呢，只是大难临头了才觉得申姐仗义。越想越觉得自己是何等浅薄、渺小。

1984年冬天，我创作的电影《雅马哈鱼档》在新华电影院举行首映式。我第一个想到的就是申姐，我给她寄了两张票，以此来表达多年来深深镌刻在我心间的一片感激。在人生道路上，她指点过我应该怎样做人！

如今，政治清明，日子红火，天南海北，什么珍果也尝过了，然而，最令我怀念的、最香甜的，是我从申姐手中接过的甘蔗！

1989年1月

银发一族

真痴

春夜神聊,谈及老人怕什么。友人曰,四怕:"怕老,这不用解释;怕肥,一肥就特显老态龙钟;怕骗,年轻人给骗,还有大把机会,尚可搏过,老人则不然;怕缠,所指无非是儿女不孝,没完没了地伸手,还有呢,坠入缠不清的黄昏恋,劳心劳力,平衡失却,身体必垮。"另一友人反对,举了一个不怕缠、特爱缠、缠不完的例子:

某机关传达室方伯,60岁出头,清瘦利索,独身,但生活安排得像他的头发一样齐整。4年前他率先在8平方米斗室里装了程控电话,这使大家十分好奇,更让人吃惊的是每月电话费竟花去他工资的一半,约200元。没有不透风的墙,原来方伯有个老情人,是某市党委讲师团的理论教员,副教授职称,煲电话粥成了他不可缺少的精神食粮。乖乖,多数人不信,理由是:有相好,可能,但对方不可能这般"显赫"。凡反差鲜明的东西,一旦搅在一起，就变成绝妙的新闻。多事者转弯抹角地在方伯面前打听了。答曰："你们懂爱情吗？上过珠穆朗玛峰？还不是在荒山秃岭里转悠转悠就信以为真了！"问者语塞，肃然起敬，是啊，世上唯有男女之间的情爱最丰富，最复杂，最飞扬灵动，最无公式可寻哪！

两年前，那位副教授竟然出现在方伯8平方米的房子里。她，灰白的短发，圆圆的脸盘上架了副金丝边眼镜，斯文得体，当年必然是一员丽人无疑。这在机关里绝对产生轰动效应。分析家们曰，原因不出三条：一、他们是青梅竹马，阴差阳错，未能结成连理；二、青年时代，碰上政治运动，棒打鸳鸯；三、女方必已婚嫁，方伯一往情深，非她不娶。事实证明第三条是言中了。问题是女方五年前已丧夫，那为何不来个有情人终成眷属呢？方伯不做正面回答，只道各有各的活法。倒也是。但是，方伯的这位心上人半年前得乳腺癌仙逝了。但有人发现，每当夜静更深时，方伯必定兴致勃勃地煲电话粥，对象仍旧。当然每月电话费不到20元。机关里的人好像已约定，信守这个让人心酸、催人落泪的秘密。而方伯呢，本职工作依然相当出色。他有点稀疏的头发依然相当整齐。

有的故事永远不能说

邢老头的老伴过世才一年，三房一厅的居室竟"大红灯笼高高挂"了。进门的新娘子来头不小,副局级离休干部,虽说是60岁出头的人了,个头适中,圆圆的脸盘涨鼓鼓的,略施薄粉,真还有几分滋润呢。邢老头为此整日喜笑颜开。他的儿女们也开通,走马灯似的来拜见后妈。后妈也大方,来者有份,红包一个少说也有200块。出手这么爽快,肯定不是等闲之辈。没错,后妈原是将军夫人,将军前年谢世。膝下有三个儿子,一个在伦敦,一个在日内瓦,一个在香港,做的买卖都不小,都有孝心,都希望妈有个老伴。邢老头循规蹈矩,虽说1948年参加革命,但直到临离休才捞了个副处级,连去香港考察的机会也没摊到过。这次托"新娘子"儿子的福,去伦敦潇洒走了一回。待到从伦敦蜜月回广州,儿女们发现,这老两口木了,黑了,瘦了,而且眉宇间乌云密布。

在伦敦,邢老头情根一动,兴致一来,给新夫人说了一桩陈年风流事:潮州古城,小巷深处,玉兰树下,有一位姿色出众,瞧一眼就让人心窝上长草的少女。他俩相爱了。但因为种种原因,有情人未能成眷属。多少年过去了,每次出差潮汕,邢老头都要去那条青石板小巷流连一番,好不酸楚。故事到这儿,也不算出格,错就错在邢老头加了一句:"我一辈子再没遇到过这般动人心魄的好女人!"邢老头真蒙,有的故事,在女人面前永远不能说!你有参照系,新娘子自然也会浮想联翩,她想她的将军,她的前夫!别看将军身经百战,是个"粗人",在家里,却轻言慢语、细心周到、体贴入微,知道妻子是江浙人,喜欢雪里藠咸菜，就托人从上海空运一罐回来。知道妻子爱跳舞解闷，自己就临老"下海"，抱着板凳学"慢四"。还有，将军烟瘾大，却从来不在家里抽，实在憋不住，也是跑到阳台吸几口。想到这一切，她心头发热，双眼渐红。再瞧瞧眼前的邢老头，差得远呢，江河怎能与大海比！于是，新娘子闷闷不乐了，邢老头请她出去转悠，她不是头重就是腰酸。时间一长，邢老头心里嘀咕：还是死去的老伴好，文化低一点，可百依百顺，不像现在这位，非得仰着脖子看她脸色，真累。

一年后，缘分尽，这对新婚老夫妇分手了。邢老头的儿女们非解。邢家小保姆倒扔出一句有嚼头的话："婚姻就像买股票，有风险呢！"

座位

萧老头对着一张某作曲家音乐作品研讨会的请帖，心旌摇动，神情亢奋。自打他从艺术部门副局级的岗位退下来之后，这烫金的硬纸片儿久违了。他特地套一件儿子的酱红的夹克衫，欣欣然前往。

会后，自然是某企业家赞助的宴请。乖乖，宴会厅里，那齐刷刷的研讨会标题的仿宋体大字，竟然是白雪雪的冰雕，给蓝色的射灯从下往上一照，清幽幽的，让人叫绝。待到衣鬓牵香的宾客坐得七七八八之后，彩灯骤变，乐曲升起。萧老头被这罕见的场面镇住了。往哪张席坐？他犹豫片刻，脑瓜一转，大步向前，拣了第一排靠窗的那一席坐下。他觉得坐这一席符合身份，不亢不卑嘛。当然第一排中间那席是文艺界的显要们坐的。他对自己道：不是没资格，而是人贵有自知之明。

怪事，靠窗这一席，竟然只他一人端坐，他环顾四周，抽着烟儿，头皮有点发麻，毫不自然。啊哈，救命菩萨总算驾到，音协秘书长上前坐下，跟萧老头寒暄了几句，突然，一扬手，挤去一排中间那席了。萧老头很不高兴，心里叨叨：不是个东西，坐这儿就亏了？接着，戴眼镜的白面书生、他的学生、文艺处长来到他面前，神态恭敬虔诚，替萧老头斟了茶，问寒问暖，并反复叮咛他多登百步梯，并要介绍他认识京华第一气功师。一番美言之后，小眼睛眨巴几下，学生去了后排就座。咦，这小子谦虚谨慎，谙熟座位之道。眼看宣传部副部长驾到，盐煮花生、酸萝卜碟也已端上来了。他的这一席仍然无人敢问津。他别转头朝后边一扫，天哪，人们的眼睛好像探照灯似的向他射来，对他进行切割，他岂不成了众目睽睽之下让人观赏的猴子了？这真使萧老头狼狈不堪，屁股下的座椅似有火烧。他正要离席而去，好在会议主持人音协艺术室主任老于世故，人情练达，一把将他拽到自己那一席，连声道："萧老，咱们哥俩好好喝几杯。"这才算解了围。不过，萧老头已满头热汗，心跳过速了，他不断用方块毛巾拭擦着脖子，仿佛这颈脖上积着千年的老泥！他呷了两口贵州醇压压惊，心里嘀咕着：这挺对号入座嘛。虽说退下来了，好歹还是音协理事呢，上个月还去了佛山，做了几天合唱节的艺术顾问呢，都不算数了，这第一排的靠窗的座位坐错了？真乱弹琴！

染发去

"梁芸阿姨，你真让我羡慕，我到你这年纪，有你这份鲜活，有你这份滋润，我就开心死了！"说这话的当然是年轻姑娘。梁芸在某机关大院里，确实是特殊材料制成，五十好几的人了，皮肤光滑得像鸡蛋白似的，两只梦幻般的大眼睛忽闪忽闪的。等电梯时，老的、少的，总有人围着她说个没完。真让她的同龄人妒忌！女同胞们向她取经："怎么保养的？"她回答得很干脆："妈生的呗！"脆生生的话也哆！说她不保养、不修饰，那是假话，但她的头发确实不曾染过，一片灰白。因为她信心十足：不染发，反倒自然，有韵味，不显老！

一次，在公共汽车上，梁芸靠窗端坐（任何困境下她都注意仪表）。年轻的妈妈抱着女孩上车。梁芸微笑颔首让女孩坐在她身边。女孩想把手伸出窗外。站在一边的妈说："别调皮，调皮的话婆婆不给你坐！"顷刻间，她的神经震颤了。"婆婆"，多么忌讳的字眼！她的心里升起一片灰色。下车时，又是一声："跟婆婆再见！"这更使她如坠冰窖！

回到家里，碰巧女性密友刘大主编来访。瞧她一脸惆怅，问道："何事芳心不悦？"梁芸说了原委。刘大主编"哈哈"一笑："同事们说你年轻漂亮，含有水分不少。你呢，拣好的听，当补药吃。年轻妈妈只看到你头发，没发现你的'全过程'，那也是以偏概全。但是，你本人呢……"

"我本人怎么了？"

"你要承认事实，坦坦荡荡地承认，这样，你的心态就平衡，笑口就常开，血脉就畅通，饭菜就特香，活得就洒脱！"

"你真贫嘴！"

"还有，话没完。明天你就去把头发染了，加入我们的银发一族！在我们'族'里，染发是识别的标志。"

"那不是没人叫我婆婆了？"

"不必忧虑。女人，到了我们这年纪，该胖的地方不胖，该瘦的地方不瘦，无可奈何。就说你吧，政策倾斜，脸蛋是重点保护了，没出现滑坡现象，但有个你自己不容易发现的地方，肩厚啦，一厚就让人觉得驼，一驼，那就显老态。你听了别难过，我就是要泼泼冷水，别让你自我感觉太良好，徒增烦恼！"

"你这一说，我也服了，走！"

"去哪儿？"

"染发呀！"

1993年1月

心里种花，报告春天的消息

　　日照朗朗，花木扶疏、绿荫匝地的阳江日报社大门口，我结识了该报社社长、总编辑黄仁兴。那是五年前，我们边喝茶边聊天。"阳江是画坛大师关山月的故乡，欢迎您来这里采风讲学！"他口气自豪而又亲切。我笑眯眯地打量着他，这是一位开朗、干练的中年人。言谈中，他没有官腔、套话，有着对世间人情冷暖的识别和记者特有的敏锐洞察力，对阳江的山山水水熟门熟路，如数家珍。我眼前仿佛闪动着他敞开衣领，大步行走在海边、田野、村寨、社区、工地的身影。而一说起改革开放以来阳江所发生的历史性巨变，他更是激情满怀，那一串串美妙的数字，从他带着时光风沙的嗓子里蹦跳出来！所以，在2020年早春的深夜里，伴着兰花的馨香，读着他的散文《捡起沙漏的碎粒》，我感到格外亲切！

　　仁兴的散文有思想的光芒、有大爱的情怀、有深邃的观察，使得他在纷繁复杂的社会中，发现、捕捉、提炼出有深度的、朴实的、生动的艺术形象。我们会看到一个在半咸半淡海边农村中生长的孩子，唱着家乡的童谣《白鹤仔》迎面走来；也会看到一位少年坐在海边的岩石上，凝望碧波万顷的浪涛，憧憬着长大之后成为海军战士、保卫祖国海疆；我们会见到他双脚踩在革命老区表竹村的热土之上，那是中国人民解放军粤中纵队滨海总队恩阳台独立大队的根据地之一，当他倾听当地老战士讲述激情燃烧岁月的革命往事时，他热血沸腾，更加坚定了为崇高理想而奋斗的信念。其实，文学创作，短期看机遇，中期拼实力，长期靠人品。一个作家思想品格的水平，决定着作品境界的高下。这在散文中尤其明显，与小说还有点不同。小说是虚构的，描写人物命运的波澜起伏，次第展开，而散文以第一人称，记述的是真人真事。散文大多通过作者对客观事物的哲理思考与对生活判断的解释能力，形象地予以表述。所以，在散文当中，一位作家思想品格的高低往往一目了然。有的散文通篇锦绣，漫天花雨，美是美了，总感轻飘，原因就在缺少思想的有力支撑。而在仁兴的散文中，看不到小打小闹的"杯底风波"，即使赶墟吃猪肠碌，也能吃出乡愁与民俗，小情调里有大情怀！

　　读仁兴的散文，漠阳江畔，改革开放的浪花飞溅，那振奋人心的消息扑面而来，广东拓必拓科技股份有限公司留下了他的身影。这家企业曾荣获德国慕尼黑IF设计的金奖——国际包装设计界的"奥斯卡奖"。绿色能源可为绿色发展提供强大支撑，海上风电作为可再生能源，是国家能源供给侧的重大革新。中国开发风能资源，体现了大国担当、大国气象。于是号角声声，锣鼓阵阵。创力、华天龙、宇航58、海龙兴业等风电建设单位都来此安营扎寨，打响了阳江海上风电的"蓝海会战"！那科学缜密的蓝图、那热火朝天的气势，仁兴在散文中都进行了情感饱满又洒脱大气的描绘。作家的创作应该是"心向上，脚向下"的。所谓"心向上"，即作家要把准时代万象的脉搏；所谓"脚向下"，即作家要义无反顾地深入生产第一线，将石破天惊的中国梦，及时形象地传递给读者。仁兴做到了！

仁兴的散文是在巨人的肩膀上提高的。阳江人杰地灵，英雄奇人辈出。举几个例子，著名语言学家黄伯荣教授，他的赤子情怀至今仍感动着无数后学者；中国美术理论界的翘楚陈醉教授，他是中国现代人体艺术的拓荒者，始终认为故乡漠阳特色文化是他艺术的根；曾庆存院士，曾获得第61届国际气象组织奖、2019年国家最高科学技术奖，以身许国显风范；关山月，国画大师，家喻户晓的"人民艺术家"……这些可敬、可亲、可爱的大师出现在阳江，并非偶然，正是漠阳大地悠久的历史文化底蕴、独特的文化氛围孕育的结果！而仁兴作为晚辈，与这些前辈巨人亦师亦友，获得了交往、聆听、学习的难得机会，受到这样那样的精神沐浴与陶冶也是必然的。仁兴之所以被前辈巨人赏识，与他的真诚，以及个人的修为和学养是分不开的。

搞文学创作需要聪明的脑子加笨功夫。创作的核心是写人，分析的是人，判断的是人，塑造的是人，没有聪明的脑袋行吗？然而，笨功夫更是不易了，创作的提高就是下笨功夫，几十年如一日地坚持，热爱它，不放弃，敬畏它，有毅力。仁兴做到了。仁兴公务十分忙碌，多年来还能锲而不舍地爬格子。想想每当夜阑更深，他在书房里笔耕不辍，这是一个人的上天入地，一个人的奥林匹克，一个人的张灯结彩，何等不易！于是，写下这篇短文表达我对他的敬意。

2020年2月

一个真实的神话

神话的开场白

这是一个真实的神话。

一个体现着智者的勇气与胆略、开拓与奋进、追求与创造的神话。

一个糅合着珠江水的奔腾、白云山的风骨、木棉花的热烈,给人以思索、激情、感奋的神话。

先看几个镜头：

之一：1979年的冬日，紫荆花开得一天一地，真灿烂。广州东山区的一条横街上，一座颇寒碜的旧楼的门首，挂起了一块有17个字的挺耐读的招牌：广州市东山区引进外资住宅建设指挥部（这就是广州东华实业股份有限公司的前身）。别小瞧这块招牌，当初能把它堂而皇之地挂出来，真要吞老虎胆哩。在我们中国的历史上，从来还没有听说过引进外资建设住宅的。虽说是打倒"四人帮"了，虽说人们已从黑房子里走到阳光底下了，可

"崇洋媚外""卖国主义""资本主义道路",这些可怕的、谈虎色变的、泰山压顶的词儿还盘结在无数人的心头呢,沾不得边哩。然而,改革开放的春风毕竟在中国的大地上、在五羊城吹拂了,把有志于"吃螃蟹"人的心吹暖了、吹活了,招牌赫赫然竖起来了。说来耐人寻味,这"引进外资"四个字,还是当时的广州市副市长林西大笔一挥补上去的,光明磊落、名正言顺,有什么见不得人的?那时,摩肩接踵而过的行人,恐怕谁也不会驻足,慷慨地给这块招牌留下几秒钟的目光,谁也想不到这块普通的木牌子会演变出一台国内外闻名的威武雄壮的戏!

之二:这七八条中年汉子,这七八个名不见经传的一般干部太普通了,身着藏青色中山装,脚踏塑料凉鞋,额头留着岁月风霜刻下的"电车路"。这模样,广州满街都是,不存在任何"回头率"。他们,是从东山区的区委办公室、组织部、财办、城建局、房管局、财政局借调出来的(因没有这个"指挥部"的编制),属于七拼八凑的"黑人黑户"。啊,就是这么一群人,受着太平洋现代风的沐浴,感应着改革大潮的呼啸,怀着对崇高理想的执着追求,志趣相投、神情痴迷,抽着低劣的"丰收"牌香烟,吐着袅袅烟雾,在这全部加起来只有十几平方米的房子里,运筹帷幄了,是凶是吉很难卜知呀。反正,他们是豁出去了,他们要在这五羊下凡、珠水奔流、绿叶红花的龙口地闯荡一番呢,他们要在这七彩的世界、人生的波峰浪谷中,考验自己的意志、力量与智慧。1979年的冬天,对他们来说是亢奋的、热烈的、艰辛而又难忘的。应该记录下创业者的名字：王逸群、马锦文、谢乃强、李庆符、李汉、何树林、张德风、李志诚、吴敏霞等。鼎力支持他们的是当时的中共东山区委书记蔡若明，一位明白人，一位斯斯文文、一腔热血、思想解放、满肚韬略、信誓旦旦，活着要为人民大众办几件像样事的人民公仆！哦，幸亏他们头上有这么一个开明书记！假若不是蔡若明在后边撑着、在前台张罗着，东华公司的历史怎么写，东华公司会不会有今天这样的"威"法，恐怕很难说啰！中国是一个从人治向法治过渡的社会，"蔡若明"三个字在东山区是掷地有声的呀。谢天谢地，该是东华公司要发达，一开头就福星高照，当然，这不等于没有麻烦，有的是坎坷的历程，后边慢慢说。

之三：指挥部，既无编制，当然也谈不上财政拨款，可谓"袋"无分文。区委办公室"开恩"，借了500元给他们做开办费，也好买点笔墨纸张，至于办公用的桌椅板凳就借借啦。有件事，很值得今天身着西装革履、渴望事业成功的年轻人记取。那是1980年春天，该指挥部与香港宝江发展有限公司，经过反复的磋商、谈判，终于签订了共同开发兴建东湖新村的合同。广州人重情义，又是第一桩喜事，总得有所表示，他们在庙前街一家不入流的北方馆里，请客人吃了一顿饺子，标准每人2元钱。啊，今天听起来简直是超级国际笑话。不，当时气氛还挺融洽呢。别怪他们"孤寒"，有时一分钱要难倒英雄汉啊！岁月流逝，"东华人"珍惜这光荣的历史！

让我们看看今日东华公司的成就,对比法永远是最有说服力的方法。

大凡中外游客来广州,热情的东道主会请你去逛逛繁花似锦的越秀公园、清静幽雅的兰圃;会让你到东方乐园留个影,南湖碧波泛轻舟;会邀你饮茶"白天鹅",神聊旋转厅;当然也少不了健步气象万千、壮观恢宏的天河体育中心。这都是广州的景观!

广州城里又添了两处景观:

那就是百草千花、绿树婆娑、蜂舞蝶恋、湖光闪烁的东湖新村!

那就是引领南方住宅建筑之风骚,开岭南周边式建筑之先河,集明亮、清新、鲜艳、气派、舒适于一体的树海中之绿岛——五羊新城!

几年来,中外游客络绎不绝。他们为这用现代建筑音符谱成的凝固的乐曲而神思荡漾!

这两个杰作,是东华人的骄傲,是他们兴建经营的。他们开发的,还有花园新村、湖宾苑、24层文化街大楼等等。9年来,他们以500元起家,在没有国家货币投资的前提下,却为社会提供了近40万平方米的住宅,还有价值1亿多元的一大批市政、环保绿化、园林、文教卫生,甚至街道办事处、公安派出所等设施。他们为企业创造了近亿元的资产值,人均创利60万元以上。这家公司连续被评为省市区先进单位、省建设系统文明单位,在全市首届住宅小区评比中荣获第一名,最近又获全国企业改革奖,他们住宅小区的一条龙式的经营管理服务,还被中华人民共和国城乡住建部誉为"东华模式"!

几年来,东华公司敞开宽阔的胸膛,迎接了全球十多个国家和地区的几十批代表团,迎接了全国各机关、团体、学校、新闻文化单位的数千名朋友。他们兴致勃勃而来,眉开眼笑而去。美好的语言,编织成芳香的花环,戴到东华人的胸前。

著名经济学家于光远说:"按照开放和改革的指导思想经营房地产,为居民服务,创造宝贵的经验,顺着这条路子走下去,更加发扬光大,就是东华实业公司的光荣任务。"

著名经济学家、北大教授厉以宁说:"飞起,飞起,明日长空万里!"

美国皇家屋宇协会会长费沙说:"想不到五羊新城留给我一个这样美好的印象——宁静、幽雅、舒适,多么美丽的环境!"

日本福冈友好代表团团长鬼宽说:"你们五羊新城的住宅小区里还建有污水处理厂,真不简单,想得真周到,你们中国很注意环境保护。你们这个厂别致:楼下是污水厂,楼上是电子厂,太聪明了。我们日本地皮也金贵,这些做法对我们有启发。"

联邦德国建设部长说:"你们的小区管理方法很先进,与西方国家对小区的管理有很多近似的地方。"

联合国开发处官员说:"你们住宅小区的设计功能跟世界先进水平同步。"

"笨数""胡椒粉"的思考

中共广州东山区委书记蔡若明在横街窄巷串来串去,他双眉紧锁,神情专注,他在深深地思考。那是1978年,秋风拂弄着他斑白的头发。当时,横在他面前的问题成堆成山,可谓百废待兴。最头痛、最棘手的老大难问题,就是居民住房问题。这几乎是一个"死结",一个"死症",灵丹妙药在哪里?蔡若明作为全区37万平民百姓的领导干部,愁肠百结呀!按当时抽样调查测算,全区人均住房为3.2平方米,如果要达到人均5平方米,共要增建70万平方米,加上市政配套费,需资金约4亿元,乖乖,这简直是个天文数字!还有,东山区是长寿区、计划生育先进单位,每年净增人口不算多,1700人,按每人住房面积5平方米计算,需8.5万平方米。以当时的乙类房,170元一平方米的造价计算,等于140多万元。也就是说旧账未了,新账又来,而且,这笔新账是每年递增的。再说一个数字,那些年,国家给该区的住宅投资是多少?最好的年景是100万,连修修补补也不够,只能达到"撒胡椒粉"的水平。按上述数字推算,要400年才能解决该区的住房问题,还只是一个大略数字,用广州话说,是一条"笨数"!天哪,400年,何止是胡子等白呢!可见,由政府拨款,将住房作为福利事业的路子是走不通的,那是一条死胡同!那么,光明的大路在何方?路就在你的脚下!蔡若明不愧为铮铮铁骨的人，他够胆，他义无反顾，勇敢地领着一帮好汉，硬是闯出了一条艰险的、充满希望的、洒满阳光的路，硬是建造了一座共和国最早的房地产开发的春的瞭望台！

"吃螃蟹者"的高妙决策

窗外，摇曳的棕榈、灼灼的桃花、烂漫的杜鹃，在和煦的风里、在霏霏的春雨里交流着美的信息。我瞧着东华公司总经理谢乃强兴奋的神色，听他侃侃而言。

"住房，住房，住房，这是压在中国千百万人头上的大问号，怎么办？怎么样才能为国分忧，为民造福？有什么灵丹妙药？有什么锦囊妙计可施？地皮、材料、资金在哪里？怎么个变法？众多难题中关键是钱，钱是个好东西，向上边伸手，此路肯定不通，若通，谁也会干。那么，只有靠东华人自己筹措了。怎么筹措？经营房地产，让房地产纳入商品经济的轨道行吗？这在中国没有先例，无任何参照系可言。不过，既然党中央号召我们在改革开放中要解放思想，要在实践中摸索出一条新路子，那么我们的胆子是不是可以大一点呢，视野是不是可以开阔一些呢，勇气是不是可以足一些呢？嗯，我们东华人倒要尝尝第一个吃螃蟹的滋味！"

谢乃强，命中注定，乃强，要强也。不过从他的表面看，他不属于呼风唤雨、英气逼人的那一类企业家，他服饰整洁，思维敏捷，言语温和，眼神亲切，彬彬有礼，像一位在书海里遨游的学者。

然而这位老总是柔中有刚的！

"我们就是要敢为天下先，我们就是要探索出一条以商品经济规律为指导的房产业发展之路。过去，由于历史的原因和僵化的、传统的计划经济体制的束缚，房地产基本上由国家投资，不承认土地是可以增值的资源财富，建造房屋后采取非商品的配给形式分配给用户。结果国家的包袱越背越重，欠城市居民的'账'也越来越多，钻进了恶性循环的漩涡。现在呢，要使土地增加它的丰度，变成有偿，变成资金，变成房子，变成更多的资金、更多的房子，让它进入良性循环，让它滚雪球，滚出广厦千万间！"

"这就是你们东华公司决策者的思路？"

"是的。"

"当时我们选择了在东湖边的一片坑坑洼洼的废地、一片废水塘，那里烂屋竹棚横七竖八，垃圾成山，污水横流。蚊蝇滋生，臭气阵阵，中华人民共和国成立30年来，没动过，没变过，真是一个被遗忘的角落！我们决定在这里建一个6万平方米的住宅小区——东湖新村！"

"啊，几千万元的资金哪儿来？"

"钱有。关键是你大脑中的思维软件要发挥作用，刚才不是说了吗？我们认识了马克思主义的土地增值的原理，我们的眼睛明亮了，看到了这片废水塘的'风度'。在我们的眼里，这片废水塘再不是穷困潦倒的老人，而是一个英俊挺拔、充满勃勃生机的小伙子！这片废水塘是一位富翁！哦，当时我们脑袋转得快，人逼急了，灵感就来了。我们是受了外贸生意中的'补偿贸易'的启发。既然企业可以用这个方法吸引外资，我们为什么不可以用补偿房屋的方法引进资金建设住宅区呢？简单地说，就是我们出地皮，香港老板出钱共建东湖新村。建成后，三分之一由港方在香港出售，三分之二由我方经营。这样，三年后，也就是1983年，崭新的住宅楼群就在风光旖旎的东湖边上出现了，一千多户居民的住房得到了改善和解决！"

"啊，这倒顺风顺水。"我说。

谢乃强莞尔一笑："顺也不顺，事物总是辩证的。当初，九年前，我们的这个设想可惊动了一大批人哩。有个领导对蔡若明说：'我对此不但泼冷水，还要泼冰水！'（后来蔡若明在东方宾馆遇到这位领导，说：'喂，胖子，你当初跟我打赌，那事搞成功，请我美餐一顿，这顿饭该请了吧？'）也有的来势汹汹扣大帽子：'简直是卖国行为！勾结外商，提高房价，剥削华侨，你们是第二个李鸿章！'还有的以不屑一顾的语气说：'你们这是笨人做笨事，这新村盖起来三分之一给了拆迁户，三分之一让外商拿走赚大钱去了，搞了半天你们自己才得三分之一。'啊，我们一点也不笨，给拆迁户有什么不好，他们是我们国家自己的子民。实际上，我们就占了三分之二嘛！跟香港老板做生意，不让人家赚怎么行？这道理再简单不过了，可当时却犯了'勾结'罪。世道变得多快啊，如今大家都开窍了，引进外资也习以为常了，其实'引进'有什么可怕，我们共产党的马列主义也是引进的嘛。那时，也有好心的朋友暗地里为我们手心捏一把汗，中国有句颇灵验的古训：'枪打出头鸟。'唉，打就打吧，人生苦短，我们这些东华人，彼此知根知底的开荒牛，蹉跎岁月几十年，两鬓白发已冒尖，总得认认真真为国为民办几件事，办不成不甘心哪！人不能窝窝囊囊活着，人要风风火火地活才有意思，而且，我们这些人运气不错，'文化大革命'没给斗死，'五七干校'里没给累死，赶上了党的十一届三中全会后的艳阳天！对了，当初，我们所以能一头撞出去，有一个十分重要的原因，就是各级党领导的支持、鼓励、关心，否则，我们再有三头六臂也是一事无成的。说一串响亮的名字你听听：叶剑英、杨尚坤、谷牧、许世杰、王全国、曾定石……"

我听得禁不住地插了一句："啊，你们也真够胆！中国运动多，运动一来就要抓典型，要打出头鸟哩！"

"是的，不无道理。不过，前怕龙后怕虎，抱着老皇历过日子，用这样的思想方法来思考问题，就寸步难行啰。一、风向转了，虽则乍暖还寒，当时毕竟开已出现了开放改革的大气候；二、广州是沿海开放城市，毗邻港澳，政策灵活特殊，商品经济的观念也容易被人们接受，这是一个千载难逢的好时机。作为决策者，看准了就不能等，不能坐失良机！上面已定出一个大格局、大框框了，路怎么走，计谋怎么出，困难怎么解决，就看个人的法术啦。至于风险，要办成一件像样的事、别人从来没有办过的事，当然会有风险。人类上月球、去太空建空间站、潜入奥妙无穷的粒子世界，哪件不是充满风险的壮举？再说，有风险、有压力，就会出智慧，就会有想象，就会爆发创造力。啊，我们这些人好歹在各种学习班里学习过，马列的书多少读过一点。适当的空间、适当的时间，做出适当的决策，就是高明的决策，你说对吧？"

"对的，这是一种正确的思维方式，你们东华人一开头就具有这种思维方法，难怪你们发达了。"

"过奖了，谢谢。我们这几个头，确实经常聚首，一起琢磨如何'适当'法，这是大学问。在这方面，我们公司的原副总经理李庆符是位'软件专家'，出谋划策，很善于在'适当'上做出漂亮文章！现在做企业家不容易，有时候确实是像走钢丝，好在我们胆大心齐，从没在钢丝上摔下来。我们的命真大，没有中箭落马！"

谢乃强讲这番话时语气淡定，也颇自信。我瞧他神采奕奕的面容，心里思忖：在我们中国人的面前，曾经出现过李大钊的从容、闻一多的无畏、鲁迅的坚韧、陈毅的磊落、周恩来的鞠躬尽瘁为人民、陶铸的心底无私天地宽、尧茂书的只身跳进漩涡向长江挑战，他们都是我们民族的脊梁！而在改革大潮汹涌而至的今天，我们何尝不需要这种精神？活跃在我国各条战线上的无数艰难创业、成就卓著的企业家，他们的心底里、他们的血液中，定然也有着这些先驱者的基因，否则，他们是不敢义无反顾地拍板决策的。这些"吃螃蟹者"，所以获得掌声、鲜花，受人尊重，让人感奋，恐怕首先就在这里！

超前思维之果，甘甘的、甜甜的

榜样的力量是无穷。这句话直到今天仍然具有强大的生命力。现在的命题是作为一个当代企业家，他的"榜样"，首先应该体现在哪里？东华公司给我以深刻的启示，首先体现在公司领导人的极为可贵的超前意识。正是几个具有超前思维方式的人，影响了、引来了一群有这种思维方式的人，使整个公司决策者的心理机制达到了创造性思维的临界点，于是就结出了累累的、丰硕的、甘甘甜甜的超前思维之果！

他们率先进入房地产商品化的领域，让土地增值，与港商合资建立了东湖新村，在广州，乃至全国，他们饮了"头啖汤"，他们超前了，他们率先"借鸡生蛋"，造了房子卖，卖了房子造，"借船出海"滚雪球。他们将第一笔出售商品房获得的2000多万元的原始积累资金，投入到房地产商品经济中去，经营开发了10万平方米的湖宾苑、9万平方米的花园新村、楼高24层的文化大楼，以及正在建设中的建筑面积60多万平方米、需要投资11亿多元的五羊新城，获得了可观的经济效益。他们超前了。

他们率先举起了横向联多元化经营的旗帜,在提高经济效益的同时,极大地提高了社会效益。他们深谋远虑,眼光独到,在已建成的住宅区里留下部分房子,以独资或与外单位合作的方式,兴办了各种商品服务网点。如在东湖新村,东华公司自营招待所、小观园酒家;与市食品公司合办东侨肉食批发站,与白云小汽车出租公司联营小区专线,与南海县农民合办青晓苗圃;此外,他们还以租用形式,向外轮供应公司、华侨公司、光华贸易公司等企业提供营业用房,开设百货、家具商场,取得了良好的经济效益与社会效益。他们超前了。

东华,作为一个起步不久的企业,第一个慷慨解囊,无偿拿出近1亿元的资金,先后在建成的住宅区里兴建了中学、小学、幼儿园、医院等文化教育和卫生设施,以及污水处理厂、供水加压站、路灯、道路、绿化等一大批市政设施,为国家节省了大笔财政支出,为广大住户提供了优越的文化社会生活条件。这事儿,在过去,见所未见、闻所未闻。他们超前了。

东华第一个提出并且实行"建设、管理、服务"一体化的经营方针,一变过去传统房地产"只建不管""只管住宅建设,不管配套设施"的弊端。他们为了让住户"安居乐业",坚持"服务第一"的宗旨。居住环境质量的提高,表现在摒弃呆板的平行排列式的旧房子,采取新颖的周边式布局;住宅区内投资700多万元建设生活污水处理厂,大面积地种草、种花、种树,使住宅环境幽雅,空气新鲜,舒适宜人,真正成为生活的乐园。在管理方面，公司成立居民新村管理处，制定居民新村管理章程、居民公约和住户代表会议制度，从而对新村实行有效管理。在服务方面，提供经常性服务和委托性服务。经常性服务，包括：清扫垃圾、保持环境卫生；专人值班，维持新村治安和正常秩序；维护供水、供电、路灯等市政公用设施；代收代交房租、水电费。委托性服务，包括：预约上门清扫室内卫生，收拾衣服被褥；代管房屋和室内设备；上门修水喉、电灯、家用电器，承担其他土木工程项目；代住户昼夜保管汽车、摩托车、自行车；代购粮食、煤气；开设电话传呼站和代办电话申报安装业务；代雇保姆、出租汽车；代接送孩童入托；代住户设计花园，绿化阳台，供应花木，定时更换时花、盆景。多有心，多周到，多细致入微，多现代化！啊，众多的爱的浪花蕴含着东华人的爱心，向住户飞去！这是头一回听说、头一回看到，他们是在创造着崭新的"屋宇文化"。他们超前了。

他们认识到近年来国际经济正在大调整、国际游资将在亚太地区寻找出路这一新格局，及时地提出了"以广州为基地，以房产为依托，以外向型经济为导向，以创汇为中心，以港澳为跳板，坚持两个面向（面向珠江三角洲、面向海外），实行两头在外，大进大出，努力把东华公司办成外向型的多元化集团公司"的战略决策。他们在香港设立了两个分支经营机构，在增城新塘和东莞桥头镇建设出口工业加工厂，创办了中外合资制衣厂。在房地产业中，他们这种大胆的构想与实践，不能不让人吃惊、叹服。他们超前了。

他们好不"安分"，他们总喜欢给自己出一个又一个的难题，来考验东华人的胆略与力量。在充分调查的基础上，该公司实行股份制经营，这又领了全国房地产业之先河。东华公司向国家注册资金为1亿元，每100元为一股，共100万股，由国家股、工业股、职工股、社会股四类股本组成。意料之中，也是意料之外的是：1000万元社会股不到半个月就销售一空！谢乃强的话颇有见解："吸取资本主义经济的优点，去除其糟粕；发扬社会主义优越性，摒弃其传统的弊端。"是的，东华人正以超前的思考与试验，探索着一条企业体制改革的新路。

他们很懂得为企业的发展进行"软保护"，也懂得这种"软保护"对提高企业的知名度与社会认同心理极有好处。从东华公司近九年来的发展过程看，他们始终与理论界、新闻界、文化界保持密切的联系，取得各界的支持，参与省公共关系会、省市企业文化协会、市房地产经济协会等组织，"住房改革千家谈""广州改革开放十大成就""企业股份制研讨会"等活动。说几个耐人寻味的例子：一、他们每年提供10万元的经费，与广东省舞蹈学校合办中国第一个现代舞培训班。表面看，房地产与舞蹈，而且是颇为新潮抽象的现代舞是不搭界的，然而妙就妙在"第一个"，是"新潮"的，所以他们欣然合作。谢乃强说得幽默："新的舞蹈，新的房地产企业，新上加新，'怪'上加'怪'，大家就会对它产生兴趣，那所产生的经济效益、社会效益就不言而喻了！"二、东华公司发行股票，不到15天，1000万元股票销售一空，要在报上公开致谢。谢乃强认为：不谢则罢，谢要谢得有水平、谢得有气派，既是真诚的感谢，又要宣传公司的形象，让公众留下好印象。于是，在《广州日报》上花1.5万元，买了半个版面；于是，请一位作家，由谢乃强面授构思，把常规的老套的"多谢词"写成一篇文采飞扬的800字的散文，十分醒目，效果果然顶好。不少读者"相见恨晚"，纷纷上门、来电、来函，要求认购东华股票，只能是第二期啦。三、绿树红花之中，有一栋玲珑剔透、新颖别致的别墅式的奶白色小洋楼，走进里边，办公室窗明几净，光线充足，摆设新潮。这是东华公司的办公楼！这样的"超级规格"，非议、误解是肯定的啰。然而，这气派的"软件"，很快就产生"内外对应"，外商来谈判，一进门就觉得心里踏实，"信得过"的感觉油然而生。谢乃强说："一个将近1亿元身家的大公司，有个不寒酸的写字楼，不算过分吧？"是的，知名度就是资本，知名度就能够长袖善舞！

  东华人真会想方设法对自己进行"软保护"。谢乃强说得透明："有了软保护，树就长得粗、长得壮，就不怕招风，又能挡风抗风；有了软保护，鸟就飞得更快、飞得更高，枪就打不着。"哈哈，东华人太超前了！

  "超前"这个词儿，是这两年见诸报端的新鲜词、时髦词，谁都爱挂在嘴上。真的超起来，超前半步都不容易哩。它来自知识的"杂交"优势，来自人才的优化组合，来自信息的超常碰撞、运用。它是企业家在改革大潮中必备的基本素质，难得的是，东华公司的几位掌舵人都具备这种素质。

应该说，这种超前意识也不是东华人固有的，他们要经常跟自己脑袋中的胶固的传统人格的定势做斗争，他们在各种阻力面前具有一种为改革大业敢洒热血的无私无畏的精神，他们让坚持以发展社会生产力为标准的概念，真正扎根心中。似乎这是必然的巧合，好像是冤家路窄，这个公司每超前一步，几乎都会遇到这样那样的、有形无形的阻力与压力。引进外资等于"卖国主义""第二个李鸿章"。鸡生蛋了，东湖新村的新房子落成了，有人嘴馋了，伸手要房子，要吃蛋了。不给蛋吃，蛋要孵鸡的，于是就得罪了某些权力的分红者，这些人心中的公式是：公有制＋权力＋缺德＝我的价值取向。于是帽子就飞来了："一切向钱看。""认钱不认人。""资产阶级自由化的表现。"；等等。1984年，总经理、副总经理全年的奖金是800元，每月不到80元，这可惹祸了，给抓到"鸡脚"了，大会小会批，通报、广播一齐轰鸣。党员大会上被当众警告："缴枪不杀，坦白从宽！"公司走向多元化经营，被某些人责难为"不务正业""好高骛远"！至于流言、戏谑之言更是多多的了：什么"搞合资"，吃"'咸水'肯定吃得有肚腩"啦，"拿了香港老板的红包谁个知"啦。多么阴暗的心理。某天，某干部摸摸张德风的肚皮说"又'引进'多少啦？又'补偿'啦？"这类风言风语，形成了像黄梅天大气中似雨非雨的灰粉末，叫人心烦，使人压抑。1988年的年底，公司实行股份制，也是闲言碎语四起："翅膀硬"啦，"远走高飞"啦，"不想当区属企业嘛，盼着升格哩"，"是的啦，人往高处走，水往低处流"，"爬得高，跌得惨"，等等。说就让人说去吧，总不能封人家的嘴。可怕的是阻力——拖，施出了可怕的"拖术"，不点头，也不摇头。现在一些人也学精了，公开反对恐怕有损本人拥护改革、支持改革的形象，便提出一些似是而非的道理来。要反对一件事，总会找出理由来嘛，问题的核心就在于公司实行股份制，触动了某些人的"刚性"利益，原来是"我的"，一张条子你要听的，现在一块肥肉跑了，怎不恼火！广州市市长杨资源在东华实业股份有限公司成立会上说："我们有的同志，对封建主义留恋，对资本主义害怕，对社会主义模糊！"这讲到点子上了。东华人毕竟是东华人，他们信念坚定，意识超前，脚步豪迈。他们活得超脱、潇洒、坦坦荡荡，他们深信自己的思维方式、自己的行动，总会被人理解的。君不见，那超前思维之果，大大的、鲜鲜的、甜甜的、甘甘的。客观存在嘛，谁也抹杀不了，谁也阻挡不住这果实在和煦的春风里、在亚热带灿烂的阳光下，闪烁着诱人的光芒。

来自心海的爱的指令

当你漫步于令人心旷神怡的东湖新村、五羊新城，你会心潮起伏。这里的建筑之新、之丰富，当不在话下。不过在别处也时有发现，例如"西班牙式建筑语言""哥特式建筑语言""光亮派建筑语言""民族形式的大屋顶建筑语言"等等。但往往是鹤立鸡群，四周乱糟糟，甚是遗憾。而你来到这两个住宅小区就不同了，天清地也净。春有木棉花、圣诞花，夏有白兰、米兰，秋冬樱花、菊花、紫荆花交相辉映，你简直像置身于公园之中。城也，乡也；乡也，城也！

你瞧瞧这一座座明亮气派的楼宇，那是幼儿园、小学、中学、医院、派出所、街道办事处，这些设施都是东华人无偿提供的。他们连专线小巴都考虑到了，"引进"来了，他们连厕所都修造得像别墅一样，门前漂亮得使你不敢贸然举步。噢，他们当然不会忘记修造宽阔的大道和让情人们肩搭肩的绿荫小径。他们当然不会忘记建造百货商场、茶楼、咖啡厅，甚至花木苗圃。他们多细心，电话、电报营业所都设置了。他们为了让住在高楼上的主妇用水方便，造了供水加压站，他们从生态环境出发，建起了雅静整洁的污水处理厂。

东华人是有心人！

东华人的爱心闪现于住宅小区的每一片绿叶、每一块砖面之上！东华人的爱心留在这里每一个居民喜悦的眼神里啊！

东华人的行动不仅来自市场的指令，还来自他们心海的爱的指令！

谢乃强总经理说："作为企业，当然要有经济效益，不赚钱，企业就要喝西北风，就要关门。但是我们不是经济动物，我们不能陷入世俗的功利的怪圈，我们要把社会效益、生态效益放在一个非常重要的位置！我想，东华人首先应该是大写的人！"

何树林副总经理说："这些年，凭着我们东华公司的财力，倒卖汽车、羊毛、兔毛什么的，恐怕真不难呢，也许横财发得不清不楚了。不干！不义之财分文也不要！那些配套设施花了1亿元，我们心甘情愿。这是我们应该做的！"

张德风说："我们盖房子的目的，就是要让人住得舒服，住得愉快，住得安全，住得长寿！美国住房部的标志'人'，圈圈中间一个人字，这给我们很大的启发：资本主义国家尚且懂得此理，更何况我们社会主义国家！建设房子要讲究美，管理房子要讲究美，为住户服务也要讲究美。美的东西多了，处处闪烁着爱心了，那么，日久天长，潜移默化，住在我们小区里人的精神面貌就发生变化啦。古人曰：'里仁为美。'"

这些浸透着爱的泉水的语言，在我的心中久久回荡。这与东华公司的行动"对号入座"！采访中，谢乃强兴奋地告诉我："我们不仅要把这个公司办成实力雄厚的强大集团公司，而且，我们要建设崭新的'屋村文化'。"

好一个"屋村文化"！

我们现在对企业文化讨论得很热烈，可谓各抒己见，各有高论，颇有启发，很有价值，但似乎还没人提到过"屋村文化"。更令人鼓舞的是，东华人不仅仅是吊在口头上说，不仅仅是纸上谈兵，他们在扎扎实实埋头苦干，实行着"屋村文化"！

对了，有两则新闻很值得摘录：

《羊城晚报》记者吴活枚报道："汕头邻居闹矛盾伤者众……汕头市中级人民法院法医宣读的报告中提到1985年3月以来，该法医接受委托，进行损伤检验4000例，其中2750例是由于邻居纠纷而使当事人受伤的，占验伤者总数的68.5%……"

《羊城晚报》记者朱荣燊报道："来自居委会的呼声，居委干部人员老化，居委工作严重超负荷，居委经费严重不足，不少居委连窝都没有。"

这两则新闻从反面披露了当前建设"屋村文化"是何等紧迫！这两则新闻反衬出东华人的爱心是何等可贵！

正由于东华公司领导者的心中翻腾着博大的爱之海，并不断地扩大它的新边疆，产生强大的辐射力，变成一种群体意识，所以东华的职工也自尊、自重、自爱。说两个例子：

1988年春节，汕头某工程队某人来到工程部副经理李晓云家做客，问寒问暖，态度虔诚。临走，他"识做"，不露声色地留下一条金灿灿的价值2000元的金项链。李小云笑道："我都估到会来这一手啰，对不住，此情领不得，上交公司处理。"

又有一个工程队包工头，颇精，先来个试探性的"洋烟开路"，把10多条洋烟送至工程部经理雷长欢手中："小意思，多包涵，多关照！"雷长欢也干脆："东华人不兴这个，你拿回去！"

像这样在东华公司碰了"软钉子"的人几年来还真不少呢！

生意中人都知道，搞房地产业开发是只"肥鹅"，油水又多又足，那"红包"、那"茶水费"、那"回扣"，都是大信封装，沉甸甸的。多少人为此锒铛入狱，后悔莫及！而东华人久站河边不湿脚，此种案件未发生过一例，实属罕见！

为什么？因为他们胸膛里跳动着一颗爱心，他们对生活、对事业、对理想有着美好的追求，他们为成为东华人而感到骄傲，他们像爱护自己的眼睛一样爱护东华人的荣誉！他们这种来自心海的爱的指令，无疑是东华公司宝贵的精神财富！一个企业能否兴旺发达、后劲是不是足、能否在社会公众中树立起美好的形象，归根结底决定于广大员工的精神素质。东华人有行为准则，就是"清清白白做人，认认真真工作，清清楚楚理财"。东华的领导者不愧为有远见卓识的现代企业家，他们抓到了这个企业文化的核心！

跨越"界碑"的个性

东华人心中的爱的指令，是共性；同时，这些可爱的执拗的创业者，这些相信自己行动脚步的、夺标意识极强的弄潮儿，他们还具有必须跨越"界碑"的个性。面对现实与未来，面对五光十色优胜劣汰的竞争世界，要想获得事业辉煌的成功，他的个性总有与众不同处，总是鲜明的、突出的、强烈的，是常人难以理解和接受的。正因如此，才显得难能可贵！

美国总统林肯名言："生活从40岁开始。"谢乃强40岁以后才从命运的沟底中走出来！年轻时，他就读于汕尾水产学校，有个同学名叫何××。1950年"镇反"运动时，他在东山区公安局搞反动党团、特务登记工作，发现有一个人名字也叫何××。他心中咯噔一下，这个纯真年轻的公安战士，怀着一片天真与对党的忠诚，马上主动向组织汇报："我发现在特务分子档案中有我同学的名字。"这一下麻烦了，惹下祸根了，谢乃强这个共青团员不被信任，打入"另册"了，他的入党问题怎么也解决不了。打倒"四人帮"后，组织上仔细一查，才知道张冠李戴了。当时，那同学才10来岁，那特务60多岁，阴差阳错啰！天哪，一压就是20多年，一背就是20多年的黑锅，历史真会给人开玩笑！

朋友劝他："喂，老谢，问题都搞清楚了，你的老岳父他们都在国外，'南风窗'嘟嘟响，在区里当你的科长，吃碗安生饭吧，别折腾了！"谢乃强莞尔一笑："不，安生饭没嚼头，人生一世不折腾几下，岂不枉然一生了？"他不但折腾，而且大折腾。他跟东华人一道，不知熬过了多少日日夜夜，越过了多少急流险滩，终于使一幢幢楼宇出现在蓝天白云下！又有人相劝了："喂，差不多了，别太冒了，急流勇退吧，你已经是向60奔去的人了，还图什么？留下这条命也好，养花种草，玩玩盆栽，抱抱孙子。"谢乃强手抚齐整的头发，慢条斯理地说："我在想，我们东华的水平就应该是中国房地产开发的水平！"啊，好高的目标，他要跨过去，他率领的东华人一定要跨过去！这是他的牛脾气、他的个性，禀性难移，啊哈，改也难啰！谢乃强对他的下属说："我们共产党员一定要有党性，处理一件事，首先要考虑对国家、对人民有没有好处，否则，丢乌纱帽、蹲监房也要顶，七尺男儿活得要像个人样，不能唯唯诺诺，不能皇帝开金口下边就'咋'！"谢乃强吃"不咋"的苦头了。一次，大庭广众的会议上，他发言道："我们东华公司就是认钱不认权，你批你的条子，我就是不给房子，如果认权，再造多少房子也不够！"这下惹祸了，"拜金主义"的帽子飞过来了，派专人收集他的"黑材料"了，捅到市委去要撤他的职了。好在东华公司的实绩有目共睹，更好在市委有清官，文章也就做不成了。"啊，改革，往往是反常规的探索与开拓，你就应该有冒风险吃苦头的准备，没这种思想准备就不符合辩证法了。成功，往往伴随着不幸！"哈哈，谢乃强的学者味又来了，他喜欢进行理论的概括。

何树林也是个人物。他是个只有三分之一胃的人。很长时间，在东华公司，他既身居要职，任副总经理，同时，又是"黑人黑户"。此话怎讲？上边调他去区里任"商委"副主任，他不干，免了他在公司的职务，他也不走。别瞧他干过20多年的组织工作，竟然也不驯服了；别瞧他待人接物谦逊温和、还真有个性，真有犟劲哩。他告诉我："'商委'副主任这个官我不想做，我宁可在东华当普通一兵，这里有我热爱的事业！"是的，他太痴迷东华了，他在东华公司做配角，负责住房的配套与管理。

东华的朋友告诉我，这位副总经常搓着肚皮（胃痛）蹲在小区的街边,一蹲就是半天,干什么?他在体验小区居民日常生活的种种:究竟还有哪些生活设施需要改进?什么地方该有一片草地?什么地方该建一个粮油站?什么地方应加个果皮箱?什么地方设置候车站恰当?小学生放学回家穿过马路有没有危险?他对我说:"人一天的24小时中有16小时在住地活动,你说我的工作有意思吗?"这朴素的语言我听了十分感动,他同样是一位具有跨越界碑个性的人,不是吗?他主持推出了《新型住宅小区管理服务条例》,受到了城乡部和省内外同行的重视。他雄心勃勃地提出,有条件的住宅小区可推行宾馆型的管理服务。这些,无不反映出他富有创造精神的、超越"界碑"的个性!然而也有过不去的时候。为了参加五羊新城的奠基,晨光熹微中,他就赶去工地检查各项准备工作是否就绪,不料在跨过一个小水坑时,他这个50岁左右的身子单薄的中年人,一头栽下去了,摔坏了腰椎第四节骨,留下残疾。稍能行走,他就佝偻着抱病上班了。医生嘱他做牵引术,他摇摇头:"没时间!"他确实没时间啊,前边,还有一个一个"界碑",需要这位令人肃然起敬的勇敢的"残疾人"去超越!

李汉是公司副总经理,他70年代从部队转业到地方,一心扑在房地产事业上,全凭实践,无师自通,长年累月泡在第一线——工地上。去年,他指挥新塘、东莞的一片对外加工区的开发,只用了大半年的时间,就将8幢24万平方米建筑面积的楼房硬是盖起来了。真是一位敢想敢冲、善于"攻坚"、勇于超越

"界碑"的实干家!

在东华公司蔚蓝色的旗帜下,从祖国的四面八方,兴致勃勃赶来了一批富有超越"界碑"个性的人,他们中许多人已过不惑之年,他们在原单位有官做、有中高级职称,也有房子住,他们来东华图什么?他们为什么要在这里开始"零"起点的人生?我想,在他们的血液中,一定有着与谢乃强、何树林相似的基因!

由于公司领导鼓励人的思想解放,鼓励个性充分自由的发挥,鼓励智慧、才能的脱颖而出,所以在东华公司,上上下下都有一种自由平等的氛围。在这里,不管你是"调入"的还是"找上门"的,不管你是固定工、合同工还是临时工,只要你是为东华的大家庭着想,只要你的意见对东华有利,都可以各抒己见、充分发表,都可以在桌面上争得脸红脖子粗。谢乃强说:"一个鸦雀无声的企业,一个没有民主空气的企业,就不可能造就出企业的真正的人才,就会出现接力棒传递的脱节!"

叶启蓁,33岁的年轻人,是一位有想头、有个性的人。他到海南实地调查,在长辈的指导下写出的开发方案,在公司讨论研究中,被认为论据充足,分析翔实,有创造性,名列榜首。后来,他设计的公司疗养院建造方案在众多的方案中,同样获得最好的评价。公司发现了一个好苗子,给他压担子,提拔他为公司工业开发部经理。

"桃李不言,下自成蹊",单单1988年,就有来自全国各地40多名具有中高级职称的知识分子要求加盟东华行列!

尊重人的个性，也就是尊重人的人格，标志着从传统人格向现代人格的转换。在东华公司发生了这种人格的转换，不能不让人深深地思索！

东华，你是一个发生在我们身边的真实的神话！你是一个看得见摸得着的神话！你是一个中国房地产开发中辉煌灿烂的神话！

1988年2月

思维的新边疆

空气里弥漫着似雨非雨的银粉末,簕杜鹃开得一天一地!在这诗意盎然的春天,我走进雅洁的小套间,这就是越秀山麓颇有名气的广州市场研究公司?这就是智慧欢乐、竞争欢乐、创造欢乐碰撞的地方?这就是思维的新边疆?

他们来了。经理陈小章、办公室主任吴钢明、国际业务主任刘世庆。乖乖,筛选过的,都那么年轻,都是高个子,都英俊帅气,都西装笔挺。他们没有深圳现代青年的"雅皮士"风度美,却具有绅士儒雅的风采美。

瞧,这两位姑娘:电脑室主管小石、研究部的小郑,没有秀发飘摇,也不是细肤如玉,但打扮洒脱大方,眼风活泼,笑容可人,透着现代职业女性的风韵。

瞧着这群毛头小子、毛头姑娘,我可嫉妒哩。我的开场白:"你们都很嫩!"

"是的,所以我们个个都穿戴得老成一点。"陈小章答得幽默。

"为什么？"

"中国人的传统审美心理，姜还是老的辣。"

"哈哈，嘴上没毛，办事不牢？"

"这种观念还蛮有市场。不过我们虽然起步不久，办事是牢靠的，质量也是好的，否则国际上的跨国公司就不会千里迢迢找上门来，请我们做一个又一个的项目研究报告。"

哟，有自信！

我不由得抬起头，望着他们青春的面孔。一群年轻人，雄心勃勃、劲头十足地拓展着年轻的大有希望的事业！我开始情感的热核反应了。

出售脖子之上的事业

陈小章说，中国经济经过10年改革，已从低谷中走出来。竞争机制不断引入企业，从而使国家调节市场、市场引导企业的开放式风险型经济运行新模式逐渐形成。企业在竞争中优胜劣汰，已成为市场经济活动中不可抗拒的规律。因此，加强市场研究，把握市场变动的动态与趋势，根据市场需求组织安排生产，才能把握市场竞争的主动权。就在这个大背景下，1988年夏天，这家公司在广州软科学公司市场研究部的基础上成立了。

"哦，你们的动作真快！"我说。

"是的，抓住时机，就成功了一半！现在满世界多讲究速度：速成英语、速食面、速冻虾、高速公路、超音速飞机。快节奏是现代社会生活的主旋律啰。"陈小章答得干脆。

"搞这么一家市场研究公司，新鲜倒新鲜，不过挺玄乎。"我说。

"确实玄乎。衣食住行，具体产品我们一件不生产，货架上空空的。哈哈，压根就没有货架。不过，从饮料到巧克力，从洗发精到护肤霜，从胶卷到对讲机，从儿童玩具到大厦建筑，什么我们都参加，什么都有我们一份。对了，我们是出售脖子之上的事业。"陈小章的手掌在脖子上斩了一"刀"。

我一愣。

"确切地说，我们出售头脑里的智慧，为厂家、企业进行软服务。"

我听明白了，但仍觉得挺玄："有生意？能搞到饭吃？"

"吃得蛮香！"

"蛮香？"

"怎么，有疑问？不奇怪，这在我们国家是个新的行业，让我先给你介绍点国际上市场研究的行情。"

我洗耳恭听。

"美国有一家邓白氏集团公司，专门搞市场研究的。它在世界各地拥有375个办事处，它们的电脑中存有1600万家企业的档案，是世界上仅次于美国政府的第二大资料库。该集团1986年的营业额高达31亿美元，纯利润4亿美元，雇用雇员人数为5.8万多人。还有一个AGB集团,总部设在伦敦,1986年的利润为2500万美元。香港SRH市场研究社,1986年以来年营业额超过3000万港元。我说这些,你就可以知道市场研究在现代经济活动中的地位与作用了。"

哦,隔行如隔山,我茅塞顿开。我吐着袅袅的烟雾道:"你说的那是蓝眼睛、高鼻子世界的事,在黄皮肤的中国呢?我们还是初级阶段的市场经济,我们企业管理层的素质正在提高。我们做生意靠估、靠撞,凭少数人的老经验进行决策、拍板的现象还普遍存在。以科学的、确凿的数据为依据,似乎还没有进入大多数企业的办公室,总而言之,没有一个好舞台,长袖难舞哇!"

"是的,你说得也有道理。靠幸运捡了一条信息发了大财的现象,确实存在,那是赌博的概念!外国商品成功的背后,有大量的科学数据。我们是看到了中国市场经济的大趋势,看到了企业的完善与发展必然要依靠市场研究公司的趋势,我们是它们的千里眼、顺风耳!"陈小章语气肯定。

"还有,广东改革开放先走了一步,先沐浴了太平洋的现代风。尤其珠江三角洲,是参加国际经济大循环的龙口地,只要我们对企业提供赤诚、高质量、高效益的服务,我们公司的门槛就会被人踩得光溜溜的。"吴钢明说得风趣。

"当然,搞市场研究,对我们这些年轻人来说确实是一个崭新的陌生天地。这门学科可谓杂种,涉及经济管理学、市场学、社会学、心理学、统计学、美学,还要有较高的外语水平,否则面对瞬息万变的国际商情,你简直像睁眼瞎子。应该说,我们所遇到的大大超出了我们的经验范围了。我们只是凭一股子傻气、勇气,硬是闯进了这片彩色缤纷、波涛起伏的超验世界!"

陈小章这番话,使我心头一亮,他们是怎么个超验法的?

累累的智慧之果

应该说,这群野心勃勃的后生仔、后生女之所以敢超验,敢展开想象的翅膀,敢饮"头啖汤",敢成立中国第一家为企业服务的市场研究公司,而且办得有声有色,连国内外赫赫有名的大公司也来叩响他们的大门,国家没给一分钱,自己就添置了一流的电脑设备……这一切,都归结于他们的好脑袋,用现代思维方式武装起来的好脑袋。

说来有趣,这家公司的三位头头,陈小章、吴钢明、刘世庆,都是先做农民、工人,然后"回炉"进大学深造的,都不符合正常人生的生活链。在他们的经历中,超验现象迭起。这就锻就了他们脑袋的灵活性、适应性、创造性与承受力。也就是说,他们脖子上都有一颗准备充分的脑袋。这样,时机一到,就嗖地冲出来了,脱颖而出了。此之谓人等待机会,不是机会等人。他们绝不是盲目地乱超验。

这家公司其余15个年轻人,大多毕业于北京大学、中国人民大学、中山大学、山东大学、华南师范大学,有的有学士、硕士学位，受过系统的专业训练，智商和业务水平都比较高，因此，都具有超验的本钱。

就这样，这18个异想天开的年轻人，志趣相同，不谋而合，集结于五羊下凡、珠江歌吟的呈祥之地，超验一番。哦，他们，一群人的智慧汇合了；他们，相互激励，进入了创造性思维的临界状态了；他们，才气、运气、名气，连成一气，滚雪球了；他们，结出了累累的智慧之果，请看：

近年来，该公司接受国内外客户的委托，完成了40多项各种类型的市场研究项目，如：咖啡与橙粉产品试验，其内容为咖啡、橙粉饮用习惯调查，及对价格、包装的评价。电视广告效果研究，其内容为对飞机、电脑、胶卷、肥皂等产品的广告收视率及认知程度调查。京、沪、穗居民消费模式调查，其内容为对十大耐用消费品的拥有量调查，对饮料、香烟、化妆品等的消费情况调查。产品意念测试，其内容为：通过对速食汤、速食面、调料、饮料的品尝活动，了解消费者的食用习惯、对产品的评价及购买可能性。拍立得照相机调查，广州、深圳等地汽水产销调查，彩色照相胶卷研究，营养药品市场研究，十大城市软饮料消费调查，美容化妆品调查，洗发、护发习惯调查……他们还接受了厂家、企业的10多个项目可行性研究，如：天河60层商住大厦可行性研究，海鲜酒家可行性研究，罗定小天地儿童玩具可行性研究，广州华通信托投资公司可行性研究，中新织带厂可行性研究，雅苑酒店经营可行性研究，某进口公司30层综合大厦可行性研究，省、港、澳、台妇女儿童活动中心可行性研究，等等。

咦，这难度之大、知识面之广、各种数据之浩繁，真让人瞠目结舌，惊叹不已！

让我来摘几个智慧果：

智慧果之一

某中外合资企业委托该公司做洗发习惯研究（原请香港某公司完成，后来发现广州的公司物美价廉，就欣然上门了）。他们设计的洗发、护发习惯研究问卷，不是一张，而是一本，23页，在京、沪、穗三个城市调查，每一地500份，每份有200个数据，总共为30万个数据，先进行电脑化处理，然后是各种统计运算，写出总体分析、交叉分类分析等7个报告。这里抛一些问卷的内容，饶有兴味呢：

请问你冬天经常在什么地方洗头发？夏天你经常在什么地方洗头发？下边有10项选择：在家里洗澡间，在家里的洗脸盆，在厨房的洗涤地，在公共浴池、澡堂，在美容厅，在理发店（发廊），在学校，在工作单位，在运动俱乐部，其他。答者就在上面画圈。

在冬天，你一个星期洗几次头发？那么在夏天呢？一个星期洗几次头发？如果一个星期洗发不到一次，那么一般会隔多长时间洗一次头发？

在冬天，你在一次洗发过程中，一般用几次洗发水？在夏天，你会用几次洗发水？

风一样开阔的男人

在过去一个月里,你自己用过哪些牌子的洗发水,包括这卷上没有列出的?请注意,这是指你自己用过的牌子,不包括你的家人或者朋友用过但你没用过的牌子。下边,列出了从"田七人参洗发精"到"海飞丝"等30种洗发水的牌子。

关于护发素的问卷内容这里就不赘述了。

陈小章告诉我:设计问卷,强调科学性、客观性、准确性。所有的问卷和最后的报告,都严格按照国际规格。对于问卷,要进行实地复核,复核率为15%,还要经过项目负责人的抽样验收,可谓一环扣一环,一丝不苟。甚至连封面、纸质、行文的款式都有严格要求,要达到考究、精致、清晰、简约、悦目的效果。难怪加拿大REID研究室总裁里德看了该公司的项目报告后认为,广州市场研究公司的调查方法与国际惯例是一致的,是成熟的、全面的。

智慧果之二

某中外合资企业拟生产无线对讲机,委托该公司做项目报告。目的是了解这些产品在中国市场有无发展前途,哪些行业是潜在的顾客。调查后所获得的可靠数据指出:宾馆、建筑工地、铁路、车队、消防、公安为第一期消费目标,需求量大。第二期为大中型商业企业、个体户等。产品设计要求经调查统计为:接收范围大占75%,故障率低占65%,体积小占60%,价格低廉占50%,保密性强占15%。从上述百分比看,对产品的保密性要求不高,这就为产品适应目标市场提供了有力的依据。该企业的实践证明，广州市场研究公司的预测是准确的。

智慧果之三

"滴滴香浓，意犹未尽"，这是麦氏速溶咖啡在荧屏上时时出现的定格广告，在观众心中留下很深的印象。其中有该公司的一份功劳。该公司接受美国麦氏咖啡公司委托之后，组织了一个60多人的调查组，到北京、上海、成都、广州进行深入调查采访，并在闹市区设立咖啡品尝点。结果指出：华东、华南的沿海城市咖啡饮料的潜在市场很大，西南暂时销路不广。北方市民要求咖啡味不宜太浓，宜多加糖分，而南方人却希望加奶。咖啡的包装要色彩鲜明，容量宜用小包装，以减轻消费者的心理负担。这些意见被麦氏公司喜洋洋地采纳了。

智慧果之四

首饰品座谈会。出席者为妙龄女郎。调查员风度翩翩，幽默机智，妙语横生，使会上的气氛极佳。然后，他们巧妙地找到"领头羊"，诱导出女士们说出难以启齿的"隐私"。如，这首饰你是平时戴还是宴会戴？是上班时戴还是约会时戴？为了使你的气质更高雅，你喜欢红色还是绿色？你认为哪种首饰、什么颜色才能更吸引男性的注意，才能更讨自己的男朋友欢喜？结果呢，调查员满载而归。这里，需要真诚与友善，需要对方对你有一种信任感，需要悉知人的细微的心理变化，需要分寸、火候的掌控，需要外交家的辞令与艺术。陈小章说得自豪："我们的工作人员，包括本公司的、聘请的，都应具有高智商的，能容纳现代思维方式的脑袋！否则很难胜任！"

是的，市场研究是一门崭新的学问，在中国，前面并无成功的经验可以借鉴。这对于这家全体成员平均年龄只有25岁的年轻公司来说，是超负荷了，是超出他们经验认识的范围了，但是，他们干得如此体面、出色、辉煌，不能不使人深深地思索。这种超验思维，在他们身上获得了充分的印证呀！

年轻人是"可怕"的！年轻人的潜力是"吓人"的！

扬起了高集成度思维的风帆

这家公司成员所学的专业，很耐人寻味。学企业管理的、学商业经济的、学统计的、学电脑的、学工业电器的、学历史、学哲学、学外语的。这些学科知识融汇到这儿，出现了"超常组合"，出现了"杂交势态"。啊哈，这太理想了，这是一个巨大的优势。这不仅是出于公司业务的需要和必然，而且使得他们的思维方式向着现代高集成度的方向挺进。这么多的异质学科在一起碰撞、聚变，怎能不产生智慧的核爆炸？更可喜的是，这种高集成度是在时间平面上集成的，即在一段时间内为解决一个研究项目而同时汇集各门学科知识进行攻坚，威力是强大的。陈小章笑眯眯地做了具体的注释：

"要说我们公司有什么成功的诀窍，这就是其中之一吧。说个例子：某外商请我们做一个在中国投资巧克力厂的可行性报告，这就涉及该不该投资、规模多大、在哪里建厂、产品销路怎么样、南方好销还是北方好销、南北消费者的胃口有何差别、什么样的包装最受客户欢迎等问题。你都要说得有板有眼、有根有据，不掌握10万个数据，这可行性报告就出不了台！而且这数据里的学问可大可广啦，不仅是市场经济调查的范畴，还涉及当前中国人的消费心理、价格承受能力、口味的变化、生产技术工艺流程的水平、投资环境的好坏等。这环境里包括社会文化环境，譬如说，过去老人不大跳舞，现在不光跳，而且跳迪斯科；过去广东春节家家户户炸油角，现在不太时兴，爱拎一包装潢精致的糖果、巧克力去拜年。还有竞争环境、法律环境等等。你说不以高集成度的思维方式去工作行吗？"

言之有理，我点点头。

他们还有一招，借具有高智商大脑者的智慧进行集成。说几个被借脑袋的人的名字：何永祺教授，中国高等院校市场学会会长；厉以京教授，中南地区市场学会副会长；梁世彬副教授，中南地区市场学会会长。还有一串名字，这儿就不赘述。陈小章认为，向这些专家学者请教、咨询，请他们为公司的一些关键性的决策，从理论高度进行高屋建瓴的概括，不仅解决了难题，而且更重要的是学到解决问题的方法。诸葛亮借东风，他们借脑袋！

还有，这伙年轻人胆子大得很，手长得很，标准高得很。一开始，他们就主动积极地与内地、香港及国外市场研究公司建立业务联系。陈小章说："我们跟他们合作搞研究项目。这样，经济收入虽然让人家'咬'去了一口，但我们学到了他们在实践中的新的思维方式，掌握了国外同行的工作规范和习惯。我们'偷师'了，我们思维的高集成度的浓度增加了，这叫作吃小亏占大便宜，放长线钓大鱼。太划得来了。"

好精的、狡黠的脑袋！

我问："你们采用这样的'高集成'法不怕人家说闲话？"

他淡定地摇摇手："不怕，先进的工作方法、管理经验是没有国界的，照拿不误！他山之石可以攻玉嘛。"

哦，我忽然想起了一句外国的谚语："聪明人在巨人的肩膀上提高，蠢人在地上提高。"

我说："难怪你们发了。"

陈小章留有余地："这样说更确切，我们会发的！"

并非空穴来风的思考

我向新结识的朋友们提出一个问题："你们在工作中有什么困惑？最棘手的问题是什么？"

刘世庆："是人的观点的问题。"

吴钢明："现在有一种偏见，仿佛高投入就会产生高效益。其实，从我们对企业的了解，有很重要的一点似乎被忽略了，那就是科学的经营管理方法。为此，我们在开展市场研究工作时，经常要十分费劲地去游说，要磨烂嘴皮！"

"有效果吗？"我问。

"有。"陈小章说，"否则我们就只好排排坐拍苍蝇啦！有的企业为做广告出手可大啦，飞机都敢租！这当然是一种进步，但要在市场研究上花点本钱，有的企业家就觉得莫名其妙：'记账从哪儿出呀？'不过，情况在不断发生变化，随着市场经济向高层次方向发展，我们的日子会越来越好过，广州市场研究公司之树会根深叶茂，会越来越受企业欢迎的！"

看来，制约企业的发展不光是经济因素，人的心理、文化素质都在起作用。企业在改革中遇到的问题与困惑，几乎都可以从那些陈腐的观念中找到原因。从这个意义上说，陈小章他们的工作太有开拓性了，他们是在向旧文化传统挑战，他们在企业新文化的建设中完全可能做出卓有成效的贡献！

临末，有点重要补充：广州软科学公司的领导于幼军、吴志辉思想开放，远见卓识，爱才如命，为这家公司的创办、为这些对理想有执着追求的人，开了绿灯！妙哉，一个两个有现代思维方式头脑的人，往往引来一群有现代思维方式头脑的人。

年轻的朋友们，祝你们的事业、你们的公司如龙翩然，起舞东方！

1988年3月

异想而天开

有人说赵序扬吃错了药。有人说他肯定神经搭错了线。有人说他是百分之百的傻瓜蛋。也有人说他读书读蒙了,异想天开,等着瞧吧,有他苦头吃的!

此话不无道理,审视的角度不同嘛。

赵序扬何等人也?

他,1977年毕业于中国著名的军工学府——长春光学精密机械学院。

他,是中国自然科学的殿堂——中国科学院广州分院光学研究所的工程师。

他,是美国加州大学系统工程学硕士!

再说点他的家庭背景:父亲赵炳权,"三八式"老干部,东江纵队老战士,中国著名翻译家,留美硕士。母亲、弟弟定居美国。叔叔赵幕志,著名摄影家,摄影家协会广东分会副主席。姑丈黄飞立,赫赫有名的指挥家,原中央音乐学院院长。再往上追,他的祖父赵灼,是康有为的学生,《纳式英文法》的翻译者。

可谓名门望族！可谓"南风""北风"对流之家！这样的人，不管在中国还是沐浴于欧风美雨之中，都会过得很顺的。如果他1985年不回国，那么，博士的桂冠会有的，闪亮的小轿车会有的，门前开满鲜花的别墅也会有的。

然而，他着魔了，他偏偏痴情于广州越秀区的一条小街——越华街，来这里自讨苦吃："我想组织一批科技人员，到街道来办一家民办科技企业，摸索一条用科技为街道、乡镇企业服务的新路子。"街道办事处负责人以惊讶的目光打量着他："办这么个企业要多少钱哪？""不花国家一分钱，我从美国带回一批实用技术，可以面向区街企业开展技术转让、咨询服务。""哦，新鲜，这很新鲜，我们欢迎！"

就这样，1986年，春雨潇潇、木棉花盛开的时节，粤华工程技术发展咨询公司的招牌赫赫然挂出来了。他出任总经理！

就这样，他的铁饭碗打破了，他辞去了中国科学院广州分院工程师之职！

就这样，他的面前延伸着一条曲折、坎坷、艰辛而又充满希望的神奇之路！

让我们把镜头对准1986年这家公司的总部——广州中山四路旧仓巷内的一家旧厂房里，有一间光线暗淡的10平方米的小房间，陈设着几张不起眼的桌椅板凳，可谓简陋、寒碜至极！谁也想不到一个美国留学生，堂堂系统工程的硕士，一个科学院的光学工程师，会把青春和智慧托付给它！谁也想不到赵序扬能在这儿，团结一批有识之士，施展拳脚，踢闯出一片新天地，成就了一番大事业！

当初有个老朋友到这儿探访赵序扬，他环视四周，无限感慨："喂，大老弟，恕我直言，你从大洋彼岸回来报效祖国，我赞成！可你是搞尖端科学的，你的英语滚瓜烂熟，你哪儿不能去？到国际旅行社去当名导游，吃香喝辣，也比这儿强啊！喂，你知道你自身的价值吗？你是个脑门显着灵光的人哩，你胸前挂着'金牌''银牌'哩，你何苦要蹲在这种鬼地方，你何苦小姐不做做丫鬟！醒醒吧，大老弟，只要你开口，花园酒店写字楼、深圳国贸大厦、热腾腾的经济开发区，都会伸出双手欢迎你啊！你啊你，有没有搞错，你的公司，统统加起来都没有我家的客厅大！"

赵序扬答得幽默："也没我家的厨房大！我妈妈那儿的厨房不但有空调，还有地毯！"

那朋友听得发愣，双眼翻向天花板，嗖地拍了拍脑门："一个谜，你是一个谜！"

是一个谜！究竟他的心底积蓄着一股什么样的力量，使他如此忘情、如此执着、如此着迷、如此真诚地来干这个没什么人干过的、摸不着边的、玄玄乎乎的民办科技企业？

用他的话说："没回头草好吃，我不但要'异想'，而且要'天开'！"

确实"天开"了，而且开得那么神速，两年，仅仅两年多的时间，他从酸甜苦辣的波峰浪谷中跳出来了，荣获广东省人民政府授予的"广东十大科技企业家"的美称！

好一个掷地有声的称号。赵序扬，声名鹊起！《人民日报》《光明日报》、省内各大报纸均登载了他的照片、事迹！

好，现在先让我揭开谜底：

初冬的夜晚，窗外是浮光跃金的灯海，赵序扬的眼睛真亮，动情地给我倾吐着心曲。

"老师，我们真有缘，记得1964年我就读于广州二中，您是我们的语文老师，如今您成了两栖人——教授兼作家，为您的学生写报告文学，学生太有幸了！"

"不敢当！我们大家都命好！迎来了党的十一届三中全会后的艳阳天！记得那时，你又瘦又小又腼腆，像个小姑娘！"

"在您面前我永远是小字辈！后来，我转学去了北京，后来，世道骤变，'文化大革命'来了，人妖颠倒，我随父亲被流放至河南省汲县'五七干校'，我这个'叛徒''特务''走资派'的儿子也就走进了生命的沟底。噢，也就在那时，我开始懂得人生，真正的人生！我感受了苦望与绝望，我经受了饥寒与挣扎，我看到了贫穷与愚昧，我目睹了无知与疯狂。当我独自一人，背着草篓，迎着扑面的风沙踽踽独行的时候，朦胧中想到，我脚下的黄河故道，这古老而又干枯的大地，在几千年前也曾有过清澈的河水、绿色的森林、飞翔的大雁、丛生的野草，后来树木砍光了，洪水泛滥了，水土流失了，沙漠进逼了，才留下这一片荒漠！这泛着白光的盐碱地也会出现生命的绿色吗？会有鸟语花香吗？会的，靠千万个焦裕禄、靠科学与知识、靠万千具有献身精神的知识分子！哦，这是年轻人瞬间的傻想吧。当时，我的知识是那么的浅薄，我头上戴着'狗崽子''可教育子女'的帽子，我肚子饿得咕咕叫，我的异想实在有限哪！我也弄不清，我会想到这些。我扯得太远了，走题了吧！"

"不，你讲在点子上了。"

"1969年，我回到故乡广东台山斗山公社浮石大队当知青，我的命运似乎有些转机。尽管南方骄阳似火，炙烤得人流油；尽管双脚浸在水田里插秧，一天下来人累得不是自己的了，连脚都不洗就瘫在草席上；尽管干够10个工分只有0.4元钱，刚够糊口，但总能吃到白米饭，还有番薯木瓜；尽管成年累月干的是牛马似的苦活，但毕竟能比较自由地当牛马了。没有歧视，听不见吆喝，迎来的是乡亲们憨厚温和的目光。我似乎有点儿满足。田埂旁，蕉林下，我散淡地望着广袤的农田绿野，我思忖着，往后，一切都靠自己的双手了，父辈的'大红伞''大黑伞'都不管用呢。嗯，自己搭草棚，自己赚工分，自己找柴草，自己种菜、摸鱼、养鸡，自食其力啰，我强烈地感受到我能坚强地活下去，用现在的话说，这是人的自我价值的肯定。这一段经历对我来说也是意志的锻炼与培养，太管用了，管用一辈子！我很珍惜！后来，因为我的劳动表现好，我'上调'去斗山公社的茶楼做杂工，在墟上卖大包子。兴许是吃得好一点了，油水多了，空闲时，我的脑瓜子又异想天开了：这海边的滩田可办个养殖场，这菠萝山下可以建个罐头厂，这墟上的修单车铺头可以扩建成农机厂。我也搞不清当时为什么会出现这些怪念头，大概，这与我从小喜欢读科学家的传记有点关系。我崇拜祖冲之、张衡，我仰慕牛顿、爱因斯坦。还有，这和我的家族中的人不少留过学、吃过洋面包有些关系，从小耳濡目染，依稀中我觉得科学才能救国！"

"这可能是遗传基因的作用！"我说。

"可能是。后来，我调到公社办公室，派去大队抓生产，抓大寨田，这奠定了我经营管理的基础，也使我认识到农村经济政策的弊端，目睹农民生活的每况愈下。1973年，聂帅管辖的军工系统高考统考，我以台山县财贸系统第一名的成绩，考取了长春光学精密机械学院，一读就是四年。阴差阳错哩，当我接到录取通知书的时候，我直拉自己的耳朵，啊，不是做梦吧？！我从苦难中走出来，我珍惜分分秒秒的学习时间，我时时告诫自己：你是一个幸运儿，你要发愤！我如饥似渴地在书本的海洋里吮吸，我的生命变得强壮了，我把握命运船舵的手变得孔武有力，我高扬起冲浪的风帆！皇天不负苦心人，我年年都被评为'优秀学生'，我参与了高速摄影、军用光学仪器的攻关。我发现，我们的激光理论的研究水平与美国、苏联同步，而应用科学呢，却差了一大截，尤其是当我深入工厂之后，更是明显地意识到科研与生产的严重脱节。花了国家十万、百万的财力，研究出来的科研成果往往是束之高阁，锁之入库，未能变成生产力造福人民，太令人失望了，太可惜了。我的这种最初的想法，也许就是今天搞民办科技企业的发端吧。哦，本性难移，那时，我也异想天开过：有朝一日有机会，我要在科研与生产联姻上干出一点名堂，想法太缥缈了，很无知吧，老师！"

"不，自古英雄出少年，敢想才能敢干！"

"1977年夏天，我分配到中国科学院广州分院电子研究所搞光学。啊，我们这个所可谓群英荟萃、人才济济，然而，由于科研体制的种种弊端，英雄好汉们只能是床底舞大刀啰！况且内耗也严重，好剑也给磨得生锈了！说两点，也许是我们的知识分子受传统文化的约束，轻视应用与生产，结果呢，搞基础理论研究的与搞应用科学的比例严重失调，前者成了热门，大家都在那里涌动，都在抢课题。啊，总不能人人研究1+1=0啦，枉费巨资研究上十年、几十年，论文有了，科研成果有了，职称升了，领导好交差了，经济效益呢？对社会生产力有什么促进呢？这似乎跟科学家们毫不相干的！还是一个字，还是得一个'空'！第二点，课题的选择，也缺少严密的论证，往往只从自己的兴趣、愿望出发，至于这个课题与当前的国计民生有何关联，市场经济信息的反馈怎么样，投产的可行性如何，全可以不理会的。结果呢？变成无效劳动，起码现阶段是无效劳动。这样搞科研，国家折腾不起，个人也因在社会主义商品经济中的价值得不到体现，心灵的金字塔倾斜了，意志日趋消沉。正因为这样，我真希望自己能创办一家公司，把深宅大院里的专家、学者们请出来曝光，吃吃人间烟火，让他们是充分释放智慧与能量，让科研与生产对号入座，认认真真打几次漂亮仗，于国于民都有利啊，何乐而不为？"

听到这儿，我开窍了，他为什么一头扑进越华街，他为什么会选择这个自己的星座！好一个独具个性、思想活跃、心智健康的赵序扬！

"1983年，我到美国加州大学自费留学，1985年获硕士学位。这当中，更加坚定了我学成回国'打几场漂亮仗'的想法。尽管我留在美国的条件远超过一般学生，这不仅是我'翅膀硬了'，有些本事了，我手里还捏着一张'王牌'，我母亲定居在美国，我申请个'绿卡'真不难，但我铁了心回国！我的伊甸园在中国，在广州！"

多么有棱角的宣言！

"对了，在美国，有几件事值得一说，对我思想震撼很大。您可从中捕捉到我的思想轨迹。"

夜，旧金山港口，灯火一片灿然。庞大的船队、威武的军舰，密密匝匝，铺向水莲灯，灯连天的尽头，壮观非凡。个子精瘦的赵序扬，身穿油迹斑驳的工作服，手持漆扫正在轮船的甲板上挥帚油漆，不时地掠着让海风吹乱的乌发。走过来一个美国人，抖着长腿：

"哈啰。听说你是中国的工程师？"

对方明显地带着嘲讽的口吻。

赵序扬不屑搭理他，轻蔑地瞟他一眼。

"美国的三明治很香是吧？好好干，别偷懒！"

啪的一声，赵序扬将漆扫帚狠狠地扔进桶里，瞪了对方一眼。

"哈哈，你还有什么不高兴？！在中国，你不过是个20美元一个月的工程师，在我们这儿干一个小时就付你2美元，很赏脸啦！"

赵序扬浑身颤抖了，使劲咬着嘴唇，他真想骂他猪啰，给他一记响亮的耳光……

那一晚，他抱着膝盖，孤零零地坐在海滩上，大西洋的风啊，远方赶来的浪哟，都难以抚平这个异国游子的心。

加州大学的阶梯课室。美国助教眨着蓝眼睛拍拍赵序扬的肩头："你不错，你学得蛮不错，在美国，一定要在美国，你才会有成就！"

赵序扬知道此人平时偏激、高傲，懒得搭腔，表情很平淡。

接着，对方居高临下地挑剔了："你们中国人对人类有何贡献？从电到光，你们做了什么？你们交了白卷！哦，要说有，也有，火药、造纸，还有指南针、万里长城，黄泥叠起来的万里长城！"

赵序扬真想跟他唇枪舌剑一番，你们的硅谷，你们的高等学府的讲台上有多少教授、专家、学者是黄皮肤、黑头发的你知道吗?话到嘴边,咽回去了。他的眼前突然映出一连串的凄楚的镜头,为了成为美国的合法移民,我们有的中国人在美国人面前显得多么低三下四啊!他扭转头,冲出课室,奔进校园,对此苍天,在心里呼喊:祖国啊祖国,你快快强大昌盛起来啊……

弥漫着酒精味的小房间。

美国移民,原国内某中医院的副教授,稀疏的头发梳得油光光,见到故乡人格外亲热,操着广州话:"啊,扬仔,一年不见啰,捞得不错吧?"

"可以,你还在做针灸师?"

"是啊,拿人家的屁股'绣花'。"

"来'绣花'的多吗?"

"好少好少,少得可怜!你知道吗?加利福尼亚的针灸师少说也有2000名!大家都在抢饭吃。"

门铃响。

针灸师霍地站了起来:"财神婆婆来了!"

进来一个老态龙钟、70多岁、穿戴花里胡哨的老太太。

他给我眨眨眼:"我给她针了一年!"

"还针?"

"越长越好,我的病人实在就这么几个,没这个'花猫',我下楼买菜的钱都没着落啰。"他苦笑着说。

老太太走后,他长叹一声,望着窗外不紧不慢的秋雨,目光黯然,道:"在广州,我好歹是个副教授,工资虽则低,可这里开会，那里会诊，忙着呢。那会议通知，那烫金请帖，现在想起来真让人觉得温暖、甜蜜。在这儿，鬼都不睬你！唉，我是一个被遗忘的人了！"

空虚、惆怅、孤独、失落，装满了这间小房。

他斟了两杯酒："来，喝！心一烦，这个最好！"

赵序扬啜了一口，说："老哥，你也是朝六十奔去的人了，在这儿，你搏不过人家的，不如回国吧。"

"想过，不回啰。发达不起来，混不出个人样，无脸见江东父老。让人家骂衰仔，回不得呀！"

赵序扬忽而发表了一通议论："在美国，其实也是壁垒森严的，起跑线不一样，文化背景不一样，我们这些黄皮肤不容易竞争得过人家的！你细细想想，说到底，在美国的大多数中国人吃的还不是中国这条水？搞贸易吧，高鼻子老板看你会中国话，可以雇你去中国台湾、中国香港、中国内地找财源。开饭馆，你卖的是清蒸鲩鱼、麻辣豆腐、咸酸菜炒大肠、南乳芋头扣肉，道道地地的粤菜、川菜。高雅点的活，卖中国书画、公仔、古董，教少林武术、气功、太极拳。有的，在华文报馆做记者、编辑，看来蛮活跃、洒脱，但能跳出方块字、唐人街区吗？半步都跳不出啊！"

"大实话，大实话，确实都是在吃中国这条水！"

"中华儿女，离开中国，真不行！"

"啊，啊，讲得好，好嘢！再饮一杯，再陪我饮一杯。在这里,像我这样的处境,连找个说话的人,倒倒闷气的人都难哪!"

温文尔雅的赵序扬在讲述这几个故事时,眉宇间荡漾着那么多的酸涩与激动。

他讲的,我都能深深地理解。他为我展示了他的心路历程。接着,话题转向他事业的历程。

1986年,公司的招牌挂出来了,最要命的是人才,总不能叫赵序扬一个人包打天下唱独角戏。人会有的,人会有的,偌大的广州,只要你想有就会有。他异想天开了,他的超常组合的思维方式灵验了。他心里有一本账:社会上的离退休科技人员,有相当一批人,身板硬朗,经验丰富,才学渊博,正愁报国无门哩;在高校科研单位里,教授、专家云集,他们中的一些人,因种种原因,未能施展才能和实现夙愿而郁郁寡欢;一些精壮的学有专长的中年科技人员,上有老下有小,被生活的担子压得喘不过气来,他们非常乐意有个当"星期天工程师"的机会;还有呢,社会上的能工巧匠,以及电大函大毕业、自学成才的无名英雄们。啊,不出所料,他们是招之即来,来之能战。说个响当当的名字:邓乃炯,电子专家、留苏副博士、广东省政协常委。这位退居二线的老教授,见着赵序扬的第一句话就是:"我跟你干!"

干脆极了。赵序扬受宠若惊了:"啊,邓老,你瞧这鸡窝一样的办公室,我就这么个摊子!""摊子不管大小,能干一番事业就行!"聚集到赵序扬身边的20多个科技人员几乎都有这样一个美好的心愿!广州城里这家小小的默默无闻的公司,像一泓清泉,滋润、浇活了多少颗苦涩、枯萎的心!赵序扬感慨道:"想不到,我们这家公司,一下子变成人才银行的办事处,好办啰,好办啰,我们可以演威武雄壮的戏啰!"

"戏"开锣了。

"啊,人在高兴的时候会说过头话,戏真的唱起来可不容易呀!"赵序扬说。

是的,公司开办几个月,连一个项目也谈不成,出现了排排坐拍苍蝇的局面。真是愁煞人也。公司处于进退维谷的窘境,赵序扬更清瘦了,他单薄的双肩像个衣架,只见条子衬衫在上边晃荡。

"老师,在这个节骨眼上我没有气馁,天上不会掉下油香饼的。我自信公司的方向没有错,我顶得住。黄河故道上留下过我少年的脚印,珠江三角洲的绿野里我跟过牛尾巴,窝窝头咬过,生番薯啃过,洋老板的气受过,如今遇上点困难、挫折,压不垮我,路是人走出来的,办法是人想出来的,山路不通走水路嘛,我又异想天开了。"

"你的思维拐弯了?"

"是的。接不到项目,无非是人家对我们公司的资金、设备、人员没有信心,这不奇怪,太正常了。一个公司在社会上的信誉是一点一点积累的,是靠自己做出来的!现在首要的问题是找钱,没钱办不成事,没钱没法搞科研、上项目,也留不住人。

我要向女排学习，学习他们的短平快！"

"短平快？"

"没错，我要办个饮料厂！"

天哪，这工程技术咨询公司，这光学工程师与可乐、橙汁、酸牛奶可是风马牛不相及的呀！这算哪一门呢？

离谱了！太异想天开了。

赵序扬也有他自己的思谋：一、刚创业的民办科技公司，搞高档的科技开发不具备条件；二、公司拥有化工、食品的专家、工程师；三、民以食为天，搞饮料厂上马快、资金回笼快、打开局面快，十足的短平快；四、饮料市场竞争激烈，五花八门的牌子，都在广州争地盘，"亚洲""健力宝"如泰山压顶，我们把生产、销售渠道伸向县城乡镇，来个农村包围城市；五、以短养长，积累资金，让饮料厂成为高精尖科研开发的财政部！

办厂的方案一出，一呼百应，公司上下，热气腾腾。说来有趣，他们靠借来的仅有的10万元资金办了个厂中厂，即在花县食品厂买了一条50年代的生产线，于是，五羊食品饮料厂就在它的肚子里成立了。当时，饮料瓶子、装箱、汽车都是租的。然而，他们情也真、心也诚，卷起铺盖，睡进车间，硬是让这条古老陈旧的、生锈的生产线灵光地运行，像个朝阳下生气勃勃的小伙子了！当他们手捏瓶子抬起脖子，喝下自己工厂试制的"鲜哈密汽水""多维密"的时候，眼珠里滚动着热泪了。赵序扬的第一个感受是，人才之泉在这里喷涌了！

"别人嚼过的馍不甜,要饮'头啖汤'!饮料厂要有自己的个性、自己的特点、自己的拳头产品!"

"你又异想天开了?"

"对的,'劣性'不改,想入非非,很不本分。"

他推出的拳头产品名叫"咖啡可乐",这个新品种是公司科技人员全力以赴、呕心沥血开发成功的,而且是独一无二的,填补了世界饮料的空白!咖啡的沉淀问题是世界饮料行业中尚未解决的"哥德巴赫猜想",该公司的几位专家经过反复攻关,终于攻破了咖啡可乐微粒沉淀、浑浊、不含咖啡因的技术难关。美国专利检测所用电脑查阅1480万份食品专利资料测定后,认定咖啡可乐为世界首创!这第一代的咖啡可乐一问世,中国香港和日本、美国的客商就纷纷上门要求订货了。目前,日产3800瓶的咖啡可乐,已被香港商人全部包销。最近广东省举行规模盛大的"88欢乐节",咖啡可乐夺得榜首,被定为欢乐节的指定饮料!还有,五羊食品饮料厂如今与中山、东莞、阳江、肇庆、五华等地的乡镇企业联营,办起了20多个分厂,颇有声势。用赵序扬的话说:"大饮料厂尚未覆盖的地方,我们抢先去覆盖了,我们与大厂进行机动灵活的竞争、割据!"好大的口气!他们确实这样干了,干成了!还有一条滚热辣的消息,五羊食品饮料厂鸟枪换炮,神气了,跟广州军区后勤部合作,签订了合同,成立了广州军区五羊饮料厂,前景不可估量啰。

"后勤部跟我们合作,可见我们已不是阿猫阿狗啦!"

赵序扬他们是应该自豪的，他们是有资格系上多彩的花环的！

赵序扬领导的公司如今已不是单舟独发了，已发展成立了光学仪器厂、电子电讯工程部，他们的手伸得真长，与四川凉山彝族自治州农工商联合公司合作，成立广州-西昌技术经营联合开发中心。在电子方面，他们研制出抛面公共天线系统、行李报警器、超声波雾化器、电子保鲜器等。在光学技术方面，赵序扬本人就发明了国内外首创的帽式望远镜，获国家专利局实用新型专利。在化工技术方面，他们已推出了汽车水箱添加剂、污水管疏通剂、玻璃防雾剂、高效冰箱吸味剂。

这家公司的勇士们干得多么光鲜、出色！"一个卓越的人引来一群卓越的人"，斯言信哉！

我对赵序扬说："你是人心不足蛇吞象啊！"

"这句话我要听，告诉你一个蛇吞象的例子，最近我正紧锣密鼓在筹办一个五羊人才公司，市里的有关领导十分支持。我现在有点本钱了，我要在科技人才开发方面探索一条新路子。改革，从某种意义上说，就是要允许异想天开嘛，就是要反常规地开拓嘛！你知道这也是我的夙愿，我还不到40岁，正当年！我深信，机遇是属于有准备的头脑！我深信道路曲折，前景美好！"

"预祝你一帆风顺！"

"不，你最好预祝我颠三倒四最后成功！"

我们都哈哈哈地开怀畅笑了，窗外月光如水。

那一晚,他用公司的"蓝鸟"牌轿车送我回家,在车里,我问:"你现在是大经理了,算什么级别?"

"这个问题好多人问起过。机关干部中有句牢骚话,最怕男人得了'妇科病',我恐怕连副科级都不是!我只能自己封啦!在改革的大潮中,级别绝不是一个人的才干、能力、水平的标志,级别,在改革者面前会变得越来越苍白!没心思想这个事,我只想科技开发这棵大树,怎么能越长越大,越长越粗。你瞧,这"蓝鸟"牌的小轿车不是跑得好好的吗?"

车在环市路上、在流动的灯河上飞驶。我望着赵序扬那张清秀成熟的脸突发奇想:这车,要把我载向哪里呢?载向水晶宫般的,魔幻的、科学的宫殿?

1988年12月

第三辑

脚有泥土,心有真情

文学创作是一个人的上天入地,一个人的奥林匹克,一个人的张灯结彩。

我从"海风"中走来

日月流转,几十年一晃而过。我的文学生涯,从《南方日报》"海风"中开始!想起"海风",因为有爱,心生波澜。那里有我青春阳光的闪烁,有我裹着蓝色海水的深情,有滚烫的你我相知的心!

1958年,我的处女作小说《第二次交锋》在《南方日报》副刊头条的位置发表了。当时,我是华南师院中文系一年级学生,在广州郊区文冲乡参加为期一个半月的务农实践。我发现,从来围着锅台转的大婶,竟然在一次乒乓球赛中战胜了咄咄逼人的长辫子姑娘。好新奇,好感动!我年少轻狂,突发奇想,写了篇两千来字的短篇小说《第二次交锋》,投稿给省里第一大报。20天后,赫赫然刊登了。天哪,天上真的掉下馅儿饼了,我狂喜,我流泪,薄雨中,我久久站立在报栏下发呆:这不是做梦吧,这怎么可能?

不久,《南方日报》副刊上登了一篇读者来稿,赞美《第二次交锋》,说它构思精巧,洋溢着农村生活的芬芳。我读后心中怦怦然，那也是编辑部的观点哩。我几次经过东风路南方日报社的大门，想进去道一声感谢，表达我由衷的感激。不敢，我怕，我一个瘦削的穷学生，有什么资格随便闯入大单位？我知深浅，我很自卑，我心潮起伏，频频回首注目致礼。我想，有朝一日，赤脚的学生哥会奔跑了，我再来！

1959年之后，《南方日报》陆续发表了我的小说《公社广播员》《翠柳》《在密密竹林里》，都是头条。跟我联系的编辑是我尊敬的、终身不忘的关振东老师。惹麻烦了，《在密密竹林里》，讲农村少男少女在竹林里谈情说爱。其实，小说行文很拘谨，这对恋人既无眉目传情，也无相依相缠的甜蜜，只是在竹林里谈理想，谈雄心壮志，怎样让家乡的水更绿山更青。不久，读者来信批评这篇小说：为何不写农村改天换地一天等于20年的豪情壮志，偏偏要钻进竹林卿卿我我，宣扬小资情调，作者的世界观要认真改造。于是，我在中文系挨批评了。足足大半年，我什么也不写，心意沉沉，泡在图书馆里读书做笔记。这时，关老师兴许听闻了什么，用毛笔给我写了几封信，大意是：要靠拢组织，戒骄戒躁，团结同学，不要独来独往，自我清高。要热爱生活，留心生活，有感而发。要坚持创作，切忌患得患失。成长是痛苦的，有代价的。当你真的写出人民群众喜闻乐见的好作品了，世界就会变得和颜悦色！关老师的教导、鼓励、安慰，无疑像一股清泉注入我苦涩干旱的心田！关老师啊，你什么模样？我见不到。你干吗对一个素不相识的无名小卒如此悉心关怀？你是如此敬业，如此爱护作者，如此有爱心！何年何月，学生能双手敬你一杯茶，递上一支烟！

1987年，我的短篇小说《白鸽飞翔的楼台》，获得了当年《南方日报》优秀小说二等奖。那时，我的小说、影视、话剧已得到过国家级、省级、市级的不少奖项了，然，"白鸽"是从"海风"里展翅飞翔的，这个奖沉甸甸的，格外有分量，格外亲切，让我格外珍惜！2014年，省里决定出版我的作品选。可我找不到"白鸽"，躲去哪儿了？朋友说：你求求《南方日报》的李贺吧，他们报社的资料室会有的。我不认识李贺，我致电她。她回答得很精练："行。我替你找，应该会有。"来不及套近乎，电话挂了。哦，是位女同胞，普通话标准，一口承诺，语气却高冷。三天后，我去她办公室，她转身取"白鸽"的复印件，那俊俏的背影，透着美丽的忧伤。后来，各种会议上，见多了，熟稔了，发现她是如此优雅、知性、爽朗，忽然春天！她的诗，情感丰沛，有风有雨，韵致绵长："我一转身离开你，用一辈子去忘记！"她的散文集《从故乡到远方》，写得日常、温婉、波澜不惊，但一点一点如银针般挑拨人心，如炉火般焐热人性，编辑的修为与学养尽显，似一棵青翠的树，引来众多鸟儿歌唱！

2015年的一个深夜，突然，一条微信映入我的视线："教授，刚读罢你为范老师的散文集《失梦庄园》写的书评《历史的记忆，人类的良知》，写得真好，明天送审，应该行的……"哦，大冬天，凌晨一点，更阑夜残，美华姑娘还在电脑上工作。

当编辑，不容易，肚里有货，双眼识货，幕后英雄！令人肃然起敬！这不正是"海风"人的做派与腔调吗？我回了信："别熬夜啊，临水照花人！"

2015年的冬日，日照朗朗，簕杜鹃疯长，一位阳光女孩，齐齐短发，一身运动服，挤地铁至长隆站，也不知道坐"楼巴"，快步20分钟，走进我番禺锦绣香江的寓所。她芳名郭珊，为我获得第二届广东文艺终身成就奖一事前来采访。事前，有人告知，她是北京大学中文系高才生，川妹子，报社老总亲自去北京挑来的，文笔一流。我颇好奇，眼见为实吧。她与别的记者有所不同，不怎么记录，也不像别的记者那样，准备好一个个问题让你回答，而是东一榔头，西一棒槌地跟你闲聊，话题很日常，房价、股市、江南人的精致生活、肉丝冬笋豆腐羹的美味、昆曲的婀娜、越剧的柔曼……她的话题转得自然，不露痕迹。我与她聊得很投机，时而开怀大笑，时而大惊小怪。中午12点了，我说去会所吃个便饭下午再继续。她却说："教授，可以了，够了，满载而归呢。饭免了，谢谢。"我说："那吃点水果吧。"她笑笑，喝了口茶，挥手告别。我心里嘀咕，这个郭珊真神了，我以为上午说的全是铺垫，下午才正式开锣哩。她的文章《南国流行生活的记录者》在《南方日报》整版登出了。我一看，天哪，她对我的文学生涯、业内评价、个性爱好了如指掌，她的书写不会面面俱到，而是抓住作品与作者的个性，写深、写透、写活、写细。显然，她是有备而来，做足功课的。大手笔啊，名不虚传，不服不行！后来，我读她的散文，关于"得闲蛋炒饭"，关于"甜丝丝苦兮兮的雪茄"，关于"夜色里的东莞"，那大气、开阔、洒脱、幽默，那信手拈来的精妙细节，那中外古今的旁征博引，那活灵活现的对话，真让人惊叹不已！海风里，凤凰于飞哪！

2017年，省里为我召开了"广东文学名家章以武学术研讨会"，《南方日报》整版8000字进行了报道与评述。对一个作者如此厚爱，这在广东新闻界是罕见的！友人说："你与他们关系很铁？"我答："我是在海风吹拂中生长的！"

年年岁岁，岁岁年年，海风编辑部像青春的流水线，流过多少光荣与梦想，流过多少俊逸的身影与娟秀的面庞！海风编辑部总是初心不改，胸襟开放，敞开大门，欢迎着一批又一批的资深与稚嫩的作者，与他们一道，将正气的、朝气的、大气的、侠气的，记述伟大时代的精品力作，奉献给南粤大地！

我的文友对我说："教授，看到您我就不怕老！"是的，海风的暖气在我背脊上吹，推着我向前走，让我有勇气，扛着舢板继续寻找河流！

2019年10月

你是可以写些东西的

我是浙江宁海人（祖籍三门县海游镇）。抗战时，上海沦陷，全家迁至故乡宁海。老家西门杏树脚，有棵高大苍老的银杏树，春雷滚响，躯干上绽放出一天一地的青葱绿叶，一闪一闪，给人振奋与力量。每当我生命中出现创痛的风雪、沮丧的泥淖，我总会想起它！想起它，我眼前就会浮现正气凛然的方孝孺、"台州式硬气"的柔石、画笔如椽的潘天寿。那融进我血脉中的"宁海"情结，伴随我这个异乡游子在南方的白云山下、珠水江边闯荡了几十年！

我的文学之路，还得从我的父亲说起。他是一个禀赋温良、城府不深、不善经商的大少爷。他酷爱京剧，是京剧票友。记得父亲从公司写字间回家，喜欢在厢房里背手徐步吟唱《四郎探母》，有时，也带我去共舞台看京剧《血滴子》。一次，厨房煤炉上炖着猪脚，妈说："大爷，别让猪脚烧焦了，我出去买点东西，一歇歇就回来。"父亲用京剧念白答："娘子，你好生去吧，为夫晓得了，路上风寒，你早去早回！"待到妈回来，厨房里已弥漫着呛人的焦煳味。妈责怪他:"你这个人总是一日到夜痴头怪脑唱不够!"父亲仍以京剧念白:"啊,焦了,焦了,大事不好了,夫君这厢赔礼啊。"哦,幼时的我,耳濡目染,对戏剧产生了兴趣。

我家附近,有位远近闻名的算命先生阿官,算命时声如洪钟,拉腔拉调,要害处"铁面无情",算得一个个妇人泣不成声。少年时的我也听得专注入神。旧社会,叫天天不应,叫地地不灵,苦命人只好去祈求瞎子先生,倾诉心中的血泪,求得慰藉。这就是我最早接触的民间"说唱文学",对后来从事文学创作无疑是一种启蒙。

杏树脚的上隍畈,有一位开着小酒店的胡先生,他为人热情爽朗,人缘好。每当夏夜,酒店门口的条凳上,坐着好多远近的邻里故友,在这里神侃,这里几乎成了信息中心,很接地气。夜色中,旱烟嘴的火光时明时灭,少年的我瞪大双眼,蹲在一边听得津津有味。记得有位泥水匠,在外码头见过世面,有一肚皮的神神怪怪的故事,讲起来有声有色。听多了,我们几个大孩子会拆穿他:"泥水伯,你瞎编,你说的这个故事又像《七侠五义》,又像《封神榜》,胡乱拼起来的。"他摸摸我的头笑言:"你们小东西不懂,故事就是穿长衫的先生道听途说、添油加醋编出来的,大家图个开心就好,勿要太当真。"现在想想,泥水伯粗懂文化,说的话倒不无道理。写小说,就是要故事中听,大可不必太煞有介事端起来的。太端了,太追求微言大义了,反倒不中看、不中听了，可惜这个道理有的人就是拎不清。

　　1951年冬天，我才14岁，报大了年龄，与上海1000多名知识青年，心潮澎湃，热血沸腾，高唱苏联歌曲《共青团员之歌》："再见吧妈妈，别难过，莫悲伤，祝福我们一路平安吧。"离开了霓虹闪烁的故乡，参加到大西北经济建设的行列中去。我先在兰州人民银行干部学校培训一年，后分入甘肃省定西地区的人民银行当一名农村信贷员。定西地区，那是中国最苦寒荒蛮、最不宜人类生存的地方。晚清重臣左宗棠上奏说，"陇中苦瘠甲天下"，这是对它很准确的概括。我的工作是与区里下派到乡的工作组一起，在春荒时给村民发放救济钱粮贷款。如果买几十斤杂粮的钱不及时发放到村民手中，他们就得挖苦苦菜、铲苜蓿草充饥。在那里，漫漫黄土，沟壑纵横，朔风千里，沙尘滚滚，一片死寂，最大的难题就是缺水，年降水量仅40毫米，女人在出嫁时才有可能认认真真洗一次澡，绝非夸张。早晨，从水窖里舀一瓢有异味的浊水，用手小心地掬起往脸上抹抹，然后干毛巾擦擦就算洗过脸了；刷牙，那是奢望。吃的是派饭（每天到不同的农户家吃，付四角伙食费），一日两餐，主食叫散饭，是一种用苞谷粉、糜谷粉等杂粮煮成的稠稠的糊糊，加入不削皮的洋芋疙瘩（洋芋即马铃薯）。因为我们是公家人，上宾款待，炕桌上有四个菜：干辣椒粉、醋、臭酸菜（生的，浇几滴胡麻油）、洋芋丝，餐餐如此。夏天，偶遇家境稍好的农户，能吃到萝卜片、拌韭菜，真有盛宴之感。不过，我仍然十分感激大西北的散饭与洋芋，它磨炼了我的意志，让我长得很硕壮。年轻的婆姨夸我："你这个上海娃子好俊哩。"在基层，我还有一个职责，组织成立信用合作组（社），信用组里要有粗懂记账的会计，去哪儿找？终于物色到一个有初小文化、会打一点算盘的小青年，他也肯学，经我点拨，就上阵了。也许是心血来潮，也不知触动了哪根神经，油灯下、炕桌上，铺一张纸片，我写了一篇1000多字的通讯《放羊娃当会计》，标点不会点，全是逗号，最后画个句号，寄去《甘肃日报》。真的行运行到脚趾头了，那时省里正召开全省金融工作会议，我的这篇小文章撞在节骨眼上了，竟然在1955年的《甘肃日报》上刊登了。这在当时可是件大事啊，我"中举"了，县支行行长大悦："我们这里出了个大秀才。"于是，我也就调入县城支行当了名农村金融股的股员。应该说这篇通讯稿是我笔墨生涯的处女作，它改变了我一生的命运！从此，我有机会吃到羊肉泡馍，吃到烩面片，也能在县文化馆的图书室啃读《人民文学》《延河》等杂志，也读了《钢铁是怎样炼成的》等名著。尤其是小说《牛虻》，主人公野性、坚毅与无畏的革命形象深深烙在我的心间。

1956年夏天，我以调干生身份，参加全国高等院校统招，先在兰州一中高考补习班突击补课一个月，这么短的时间，填鸭式地补习完初中至高中的语文、政治、历史、地理四门课的全部课程，真是心无旁骛、夜以继日。困了，拧开自来水龙头冲冲脑袋。饿了，咬几粒糖花生。这时，有支浪漫曲冒出来了，那就是我的初恋。在补习班里，我认识了一位临洮女孩。在甘肃，临洮与天水美女最多。临洮姑娘列宁装大翻领里的白脖子以及白鱼似闪跃的小手，特别使我神魂颠倒，男有心来女有意，我俩坠入情网了。我们相约到黄河边大水车下复习功课，岸边的景色很绿很妖，我们手牵手，眉来眼去，功课的事全抛到九霄云外了。我问："妹子，你喜欢我什么？"她答："我妈说过你们那边的男人斯文不打老婆。"我笑道："那也不一定。"她答："我不信，你舍得打我？"我又问："还喜欢我什么？"她答："我妈说找男人要找穿四个袋子的公家人，保险。"我再问："你妈还说什么了？"她答："我妈说男人身上佩戴'关勒铭'牌金笔的有文化，你那支钢笔是'英雄'牌，都一样。"我道："你妈好有水平，她还说过什么？"她皱皱鼻，思忖了一会儿："我妈说男人会一点乐器活泼。你会吹口琴，你吹《解放区的天是明朗的天》好听！你风流！"我大笑："还有吗？"她情不自禁地双手掩面："没有了，没有了，羞死人了，你这个上海娃子最讨厌！"临洮妹子又傻又可爱，朴实得就像大地上金黄饱满的麦穗！足足一个星期，每个傍晚，迎着橘红的夕照，我与她，在黄河波涛的光波里走来走去，说不尽痴人梦语。我终于清醒了。记得离开上海时，我姆妈对我说："侬年纪轻轻出门在外，做事体一定要想前想后，勿可以冲动。小辰光勿努力，青春打烊了，老了就会吃苦头。"是的，切勿冲动，人生若错失了播种季节，哪会有果实累累的金秋！于是我对临洮妹子说："妹子，再这么迷迷糊糊下去，我们俩肯定考不上大学，全完蛋，你说咋办？听哥的话，日子长着呢，等到考完试再亲个够好吗？"临洮姑娘也醒悟了，她点点头："那好，我也正犯愁，从今天开始，我们不再约会，谁想约谁就是狗！不过，上海娃子，你记住，你吻过我，我就是你的人了，你若不要我，我也没啥法子，我会难过一辈子！我这次报考医学院，你报考外语学院，苍天保佑，让我们双双考中，到那时，我们再相会！"

有幸被言中！然，两所大学不在一个城市，我们只通过两次信，原因很简单，此一时彼一时也，她心高了，我心也野了，如鱼相忘于江湖，没缘啊。真的，没有惊心动魄的初恋的经历，你就不懂得什么叫灵魂的震撼，不懂得五味杂陈的人生，而文学就是人学啊，要懂得这些才好。

有一种记忆是不会晒干的。1957年，我转学至华南师范大学中文系，因在所谓"反右"运动中政治立场不坚定，于1958年整团时受到团的严重警告处分（1985年，华师大团委函告撤销此处分），所以我是一个打入"另册"的学生，有的根正苗红的同学跟我划清界限。可想而知，我当时心情极为沮丧苦闷，总是踽踽独行，一个人躲进历史系资料室翻阅各种文学杂志，痴迷马雅可夫斯基的诗，也学着瞎写"楼梯诗"，上心理学课时，没认真听课，仍云里雾里地觅寻诗的王国。结果心理学考试不及格，这下子闯祸了，资产阶级思想严重、成名成家、吊儿郎当、走"白专"道路的帽子扣到我头上了。1959年，《南方日报》副刊在头条位置刊登了我的小说《在密密竹林里》，里边有公社社员谈恋爱的情节，这在当时犯了大忌（可男女主人公连手都没牵呢），报纸上出现对我小说的批评，这下子麻烦大了，系领导火冒三丈，小题大做了，不抓我这个典型，不拿我开刀拿谁？政治辅导员找我个别谈话，口吻十分严厉："若不悬崖勒马就要开除你的学籍！"据说还通知广州各报刊不要刊登我的作品（而《南方日报》的关振东老师在时过一年之后为我开了"绿灯"，我的小说照发。至今，我仍感激这位仙逝的名家名编）。当时，我害怕极了，惶惶然不可终日。一日傍晚，我在教工住宅区独行，见到了教我们外国文学的李育中教授，他身着短裤、文化衫，嘴衔烟斗，正在小院门前。李老师学贯中西，思想活跃，精通多门外语，曾是杜聿明将军的英文秘书，跟着中国赴缅甸的抗日远征军，在缅甸境内转战采访，写出了极具文献价值的20万字的《缅甸远征记》，他也是第一个向国人介绍萨特作品的学者。更让学生难忘的是他没有大教授、名作家的架子，待人平易近人、和蔼可亲。我壮壮胆，上前鞠躬道："李老师，您好！我是中文系学生章以武。"李老师瞧了瞧我："哦，你就是章以武，我知道，我听说了，今天对上号了。进来坐，进来坐。"我走入他逼仄的客厅，傻傻站立。"坐下坐下，在老师家不用客气。"他递给我一支'光荣'牌香烟。我谢道："老师，这是高级烟，您留着自己抽。""没事，我的好烟是用来招待客人的，我自己喜欢抽烟斗。你是哪里人？""我是浙江宁海人。""那里可是人才辈出的、柔石的故乡人！好，好！"李老师跟我聊他在夏衍主办的《救亡日报》任社论委员的趣事，谈欧阳山、秦牧等名家名作。半个多小时了，我起身告辞，李老师似突然想起了什么："章以武，等一会儿，你坐下。"他走进里间，端来了浅浅一碗腊味饭，碗里有一根香喷喷的腊肠："吃一点，不多，只能给你一根腊肠，是我妹妹从香港寄来的。"我含泪，感动地端起碗来吃了下去。要知道，1959年，那是扭曲的、饥饿的岁月啊！当时，我的体重从140斤降至105斤，可谓形销骨立，有的同学已饿得患上浮肿病了。李老师送我到门口，拍拍我的肩膀："章以武，你发表在《南方日报》《羊城晚报》上的作品有的我读过，你是可以写点东西的。平时要多留心生活，多读名著，多练。"我连连点头："谢谢李老师的鼓励！"夜色中，我来到大操场的一角，扶着双杠，垂头大哭。尊敬的李育中老师，您把我这个打入"另册"的学生当人看待了，您是多么仁慈！您给了我一碗人间最香的腊味饭！您让我懂得了怎样做人！"你是可以写点东西的"，这句话，像一支永不熄灭的火炬，照亮了我的创作之路！

2013年11月

文学创作的烟火味

——与文学爱好者闲聊

大作家海明威说,水平越高的作家,越少谈自己的作品。我水平一般,只能跟各位聊聊多年来自己在文学创作中的甘苦。

作家写字找知音,读者看字找共鸣。

作家的作品之所以能找到知音,因为他作品中的故事来自滚热辣的生活,烟火味呛人;他塑造的人物,读者抬头不见低头见,有血有肉,是熟悉的陌生人!

搞文学的人,首先要有一双爱的眼睛。面对五光十色的社会,生命如电光石火般迸发热情。作家不能是冷漠的、无动于衷的,甚至不以为然的。记得20世纪80年代初,一位内地作家来深圳特区采风,对热火朝天、缤纷璀璨的深圳新生活,对"时间就是金钱,效率就是生命"的神采飞扬的呼号,一概不上心,映入他双目的是黑夜里的黑牛!他扔下一句话:深圳,只有一面五星红旗是社会主义的!

他把沉香当烂柴了，奈何？

年轻的朋友问我，你们作家冲进生活的激流里，任浪花溅湿了衣衫，体验一段时间，就能洋洋洒洒写出诗歌、散文、小说、剧本、报告文学来，甚至鸿篇巨制、精品力作。我们每天泡在工厂、企业、机关、学校、工地、社区，一年到头360天，天天按部就班，没发现有什么奇峰突起、催人泪下的故事啊！这问题提得好，关系到文学创作的大课题。一个人适不适合搞文学创作，是不是这方面的"料"，这与天赋基因、个人阅历、文化素养、想象能力、文字功底有密切关联，这里无法一一细说。不过，有一点我以为挺关键，那就是你要有一双爱的眼睛，去发现、去捕捉、去思考生活中的闪光的东西、变化着的东西、大美的东西、新鲜感人的东西。

文学创作，具体的写作过程，确实是一个人的上天入地，一个人的奥林匹克，一个人的张灯结彩。所谓一个人的上天入地，即储存在大脑里的各种信息相互汇合、碰撞、联结，想象的翅膀腾飞；所谓一个人的奥林匹克，指作家也要像竞技运动员那样，向预设的目标冲刺；所谓一个人的张灯结彩，即作家对自身的创作要有信心，文章是自己的好，关起房门称君主。然而，这一切背后，有一个巨大的工程，那就是心向上、脚向下。心向上，说得白一点，就是作家对大时代历史性的巨变，对大时代的脉搏跳动，对大时代中人的精神状态、生存质量的嬗变以及价值观的重新调整和确立，都要有敏锐的感知，都要"春江水暖鸭先知"，不可以一知半解、懵懵懂懂，不解其中奥妙。你既要有理性的判断，也要有感性的认知。脚向下，就好理解了，作家要深入到火热的生活第一线，与普通劳动者一样，同呼吸共命运。脚上有多少泥土，笔下就有多少真情！著名作家柳青为了写长篇小说《创业史》，全家搬至陕西长安乡下落户。青年作家路遥为了创作《平凡的世界》，长年累月在山野村寨里磨，在僻静的土屋里吞冷馍、吸劣烟，熬，终于写成了惊世之作。当他重重地拍响钢笔，从书桌边挺胸站立，挥动手臂，走进阳光时，他睿智的目光环顾四周，世界亮了！

这都是我们学习的榜样！

说点我自己身边的事吧，谈谈如何以爱的目光在大时代的变化中汲取营养进行创作。电影剧本《雅马哈鱼档》创作前前后后的故事说得太多了，不说了。这里跟你们聊聊我近年出版的中短篇小说集《朱砂痣》。这本书被评为2020年"书香羊城"文艺类的"十大好书"之一。其中有一篇叫《头发上停了许多蚊子》，有点意思。2018年4月，《羊城晚报》召开2018年"花地文学榜"年度盛典颁奖大会，十分隆重，著名作家严歌苓、苏童都光临了。我与茅盾文学奖得主刘斯奋均为颁奖嘉宾。会议期间，我与刘斯奋、苏童在会场一角的花园抽烟。刘斯奋道："坐在我前排的女士刚做了头发吧，香气扑鼻，头发上惹来了许多蚊子，可写一个短篇。"我听了一愣，觉得有趣，至于这故事如何编织，心中无底。不过这念头，挥之不去，在心中发酵了几天，不少人物、细节纷纷冒出头来进入我的兴奋点，故事的脉络主题终于跳了出来：香云纱厂女职工吕小玉，花大钱扮靓，去高级发型屋做头发，喷发胶啫喱，头发亮晶晶，好似停了许多蚊子，也确实惹来了蚊子。因这事，她与亲朋好友发生了种种纠葛、矛盾、冲突，让人啼笑皆非，最后还惹上了官司，有些喜剧、荒诞色彩。从而也揭示了在物质富裕的当下，年轻人应知晓布衣暖、菜根香，要知足感恩，不要浮躁、攀比、虚荣的道理。这样，小说的社会意义就毕现了。

再说那小说集中的一个中篇《太老》，也是从时代生活中得到启发而写成的。那是我平生第一次做媒人。男的50出头，丰仪俊拔，风一样开阔，是位画家；女的38岁，修眉俊眼，风情妖娆，是位钢琴师。无论从年龄、文化、气质看，都相配。然他俩见面后回答竟然一样：嫌对方太老！我的天，有没搞错，都吃错药了吧！我发誓，往后再不做牵线人。媒人未做成，小说《太老》却写成了，揭示当下爱情婚姻中传统观念与现代观念的交锋。当时，我大脑仓库里嘻嘻哈哈、哭哭啼啼的俊男美女都挤进这个故事的框框了。我从中编排、筛选、生发，形成了如今《太老》的情节：

女主人公苏霓虹芳龄38，美术学院讲师。美艳高冷，心机太多，私心又重，爱情屡屡不顺。

男主人公李凡丁，50出头，不恋官位，自由自在做画家，痴迷苏霓虹，却被甩出几条街。

乔真真，28岁，新潮阳光女生，不安于现状，勇于向生命挑战,她是苏霓虹闺蜜。但她偏偏与李凡丁价值观一致,主动恋上了李凡丁。你苏小姐不要,说他庸常,说他太老,我说他清贵,配我正好!

时代进步一日千里,飞速发展,电脑、网络、微信、微博,铺天盖地,天涯若比邻了。这里边,天地广,水很深,值得作家们深入发掘,那是文艺的用之不竭的富矿。总而言之,我们要练就一对闪耀着爱的光芒的双眼去洞察生活。

做文学,尤其是写小说,要咬紧人物来写,要以鲜活的细节来丰满人物的血肉。都道故事好编,人物难寻。是的。不过,只要你牢牢把握什么样的人,在他身上就会发生什么样的故事,是人物说了算,不是作家自己说了算,写起来就顺手了。那么,怎样塑造人物呢?答曰,在人与人的关系中,在人与人的矛盾冲突中去表现人物。比喻得形象点,即将胡同里两边的出口关死,让里边的白狗黑狗黄狗、老狗中狗小狗拼命地咬,咬得昏天黑地,咬出各自的性格。当然,也可以咬得很奇妙、很温柔、很幽微、很吞吞吐吐,这也是矛盾冲突的一种形式。

我有一个中篇《朱砂痣》,是反映抑郁症引发的爱情、婚姻的波澜起伏,最后,女主人公朱莎莎在爱的热流里,走出了生命的泥淖。其中有一段情节,就是将"长相守"咖啡廊的门"关死",让人物在里边"咬",咬得温情脉脉。我摘录一些念给各位听:

  方姗姗,冷一丁当年上海大学中文系同班同学,老情人。

方姗姗在校时就是大名鼎鼎的性感女神。……两人是一对欢喜冤家，中午还在食堂里横眉冷对，不理不睬，晚间就在校园一角情话绵绵，你咬我啄了，毕业后双双分至广州的高校。……如今，方姗姗要去美国的一间常春藤大学读硕深造。临别前那个星期，方姗姗与冷一丁在"长相守"咖啡廊，对他们之间的未来长谈了一次，颇现实，挺新潮，也理智。

方姗姗哆哆地："冷一丁……你别哭，我也不哭！把曾经的刻骨铭心、柔情蜜意，都锁进我们的心中一角。我们都是现代人，现实一点，这一分离，从此，一切皆有可能，时间与空间最无情，最能改变一个人的命运。"

冷一丁："是的，我懂。我们爱过了，疯过了，过程最珍贵！……我们都会思念对方，一个人不孤独，思念一个人才孤独！你我都要有个思想准备。然而，我们都青春勃发，血气方刚，在我们身边会有异性的闯入，都需要爱的滋润。心总得有一个栖息的港湾，否则，那就是流浪！"

方姗姗："同感。……在这即将分别之际，我有一个要求，你一定要答应我！"

冷一丁："请说。"

方姗姗："我介绍一个女朋友给你。"

…………

方姗姗："我是希望肥水不流外人田！因为朱莎莎是我的闺蜜，我的姐妹，我的魂魄会附进她的躯体，这样好像你依然在我身边,我依然闻到你身上淡淡的烟草味。你不会觉得我很自私吧。"

冷一丁笑得洒脱:"厉害了,我的姗,你连'后事'都安排妥了。"

……

这一段"关"在"长相守"咖啡廊的离别的情节,"咬"出了他俩之间的矛盾、怅惘、坦诚与幽微的心绪。可谓花事已了,花魂牵扯未断啊。

其实,电视连续剧《甄嬛传》,就是将后宫的门关死,让娘娘们为争宠咬来咬去,恶斗!

文学创作中的一些套路、一些方法,是中外古今的作家们不断应用、行之有效的。因为这是从创作实践中总结出来的。况且,现实生活中大大小小的故事,哪件能离得开人与人的关系呢。各位多读经典名著自然就会心知肚明的。

说到细节的重要性,我举两个例子,是我在创作中遇到的,如获至宝!

20世纪90年代,我常跑珠江三角洲,走马观花,体验生活。

有一次在顺德,一位乡镇企业老板,他喜欢文艺,请我去大排档吃夜宵。那大排档露天,在河涌边,背后是茂密的甘蔗林,前面是广袤的田野,不远处的天空,家电企业的霓虹灯闪烁。

习习凉风里,他从牛仔裤的后袋掏出一瓶洋酒——马爹利道："教授，你有文凭，我有酒瓶，文凭加酒瓶就是高水平！干了！"我听了，给镇住了，好感动，此话很可品咂！这位后生哥，几年前，还是跟牛尾巴的洗脚上田的农民，如今发达了，懂得知识就是力量，就是高水平，观念变啦！顺德有句顺口溜："转得快，好世界！"是的，天还是那个天，地还是那个地，人还是那个人。用社会主义市场经济观念武装头脑的顺德人，就是不一样！当年的顺德就占了中国家电企业的半壁江山！就写顺德人，写他们的精神换血。后来，我写电视连续剧《情暖珠江》时，上述这个细节对我认识"顺德人"帮助极大。

再说一个细节。我与著名音乐词人郑南先生一同去中山市郊区采风。我们访问了一位盆栽专业户。他家大客厅颇堂皇，客厅一侧有一架簇新锃亮的钢琴，很吸引人。我问："不错啊，你手巧会盆栽，赚大钱，还会弹钢琴。"

他笑答："我哪会，我只会玩树头。"我说："你夫人会弹吧？"他笑言："我老婆会晒番薯干。"我再问："你女儿能弹？"他答："女儿也不会。"我道："那你买钢琴做什么？"他哈哈大笑："我买钢琴是用来摆的，是附庸风雅的！"好一句附庸风雅！一个弄泥巴、修理树头、做盆栽的农民，如今知道钢琴是个高雅的东西、体面的东西，是文明、有教养的象征！这是社会的巨大进步啊。这个细节的后边应该有许多故事可挖啊。心里装的人物越多，故事越多，就会有一种声音在你耳边呼叫："写啊，那么好听的故事，别烂在肚皮里！"于是灵感就来了，激情就来了。

有一位年轻的朋友问,文学创作有无诀窍?我说有,那就是聪明的脑袋加笨功夫。所谓聪明的脑袋与父母给的基因有关,这里强调一下笨功夫。笨功夫,就是长期坚持。我19岁在华师大中文系读一年级,写了第一个短篇小说《第二次交锋》在《南方日报》副刊头条刊出。如今年过80岁,还在写,完成了电影脚本《从初一到初三》,故事梗概等报广东省电影局审核,若通过就可申请立项开锣。

文学创作要坚持不容易,太考验人意志了。因为文学面对的是人生,况且,人是活的,不断地成长变化,人性又是多么复杂,把人写得栩栩如生、合情合理太艰难了。我曾经在写作课上出过一个题目:以"兵荒马乱"为题写一篇300字的短文,在课堂上完成。结果多数同学的文字兵荒马乱,无法抵达我要的情境。举这个例子,是想请大家对文学创作要敬畏!

文学创作与学唱歌、跳舞、画画、书法还有些不同。你画鱼、画荷花,反复练,总可以画得有点样子,裱出来也是好看的。练钢琴,日长天久也可考个六级、八级,弹一曲好歌,真好听。就是因为有"匠气"的成分在里边。写小说就另说了,有的朋友苦心孤诣几十年仍写不出被人认同的作品来,于是,写着写着就无影无踪了。

各位,如今好年月,坚持写,你们年轻,像大树上片片绿叶!别怕苦,吃的苦,终将照亮你前行的路!

2021年7月

从卖鱼的事说开去……

友人问我，你怎么会想起写电影剧本《雅马哈鱼档》的？你卖鱼卖得风生水起啊。说来话有一匹布长呢。20世纪80年代初，在党的十一届三中全会精神的指引下，广州率先开放，开放了鱼鲜、水果、蔬菜、三鸟（鸡鹅鸭）市场，市民拍手欢喜，都说政府好，跟老百姓想到一块儿了。当时，那些待业青年，领了牌照，一马当先，纷纷在马路边的转角处，在窄街小巷，设档摆摊。那时，我住在百灵路，整条小街成了热热闹闹、喜气洋洋的墟集，鱼档、烧鹅档、水果档、粉面店、发型屋、牛仔裤、T恤、丝袜、遮阳伞，应有尽有，大有春风扑面之感，让人好生兴奋。家有客人来，上街斩2元钱的烧鹅（每斤4元），拎一块带血丝的鲩鱼清蒸，炒一碟菜心就"搞掂"啦，再不用为凭鱼票排长队，买回几条臭鱼而烦心了。所以，那时的心情可谓面对长街，幸福花开！有一次我去买鱼，鱼档小青年口吐烟雾，笑眯眯说："啊，你别小瞧我这个水湿湿的小木箱，里边装的全是卖鱼得来的钱，谁抢劫它就好比打劫银行的钱柜，即刻蹲班房！"哇，这口吻自豪又自信！我拎着鱼边走边想着小青年曾经发生的、正在发生着的故事，它激发着我的形象思维，让我有一种创作的欲望。我这个人，平时喜欢舞文弄墨，写点小东西，在报上发表了，沾沾自喜一番，也爱写个独幕小剧，供农村"乌兰牧骑"演出队演出。为此，中文系的头头会有微词，说我不走学术之路、不务正业，我心里不服，我教"写作概论""影视创作"，理论联系实际，很务正业啊。不过学院开明，由我。还有一次，路遇我在中学时教过的学生，他邀我去金碧辉煌的东方宾馆饮茶，以表师生之谊。天哪，那是接待外宾的地方，出入者非富则贵，岂是我等草根的去处。我猛摇头："去不得，去不得。"那学生执意要我前往。他道："章老师，给点面子啦。你恐怕也风闻了，我这个人，过去手脚有点不干净，长相又矮小鬼祟。我们打的去！不坐公交车！"我问："为何？"他道："坐公交车不好。万一车上有个'冬瓜豆离'，别人会怀疑我的，说不清楚。我现在开鱼档，卖鱼卖得风生水起，有滋有味，我活得堂堂正正、人模人样啦。全凭政府的好政策啰。啊，章老师，你放心，去东方宾馆饮茶，我有港币。章老师，信不信由你，我卖鱼每月能赚这个数！"他伸出三个指头，"300多块啊！"我听了心理好不平衡哩，当时，1983年，我月薪才68元5角。世道在变，人世在变，于是，最早的《雅马哈鱼档》的故事在我心里发酵了。所谓"发酵"，就是我头脑里储存的各种信息给激活了，它们互相碰撞、纠结、组合、演变，故事的雏形也就形成了，人物关系也就呈现了,随着想象的翅膀不断扑腾,故事逐渐完整清晰了。这里要强调一点,并非你有卖鱼的生活,你身上有鱼腥味,就可将它变成文学作品的,有生活是一回事,感悟生活、判断生活、分析生活、概括生活、形象地表达生活,又是一回事。同时,还需要有思想的支撑,否则飞花漫天、水过鸭背,作品是肤浅的、不耐看的。否则,世上千万卖鱼人都可以写成《雅马哈鱼档》了。

于是,我写了将近6000字的短篇小说《雅马哈鱼档》。当初,这小说的题目叫《鱼啊鱼》,我的老友徐康,他是珠影的制片主任,他说:"你这题目不生动,不时尚,现在开放了,雅马哈摩托车满街飞,干脆叫《雅马哈鱼档》吧,用摩托载鱼,又新潮、又热辣,读者看这题目也好奇。"妙哉,我当即叫好。这个短篇寄给了《羊城晚报》的《花地》栏目编辑部。10天后,我收到《花地》编辑肖荻老师的信,他认为小说所写为新生事物,很好,约我去编辑部面谈。我雀跃。肖荻先生毕业于西南联大,是著名文艺评论家,是肚里有货、双眼识货的名编,他亲自写信给我,太抬举本人了。我去了《花地》编辑部。要知道,当时《羊城晚报》在国内十分显赫,每天才四个版,文学副刊有时半个月才轮一次,要上一篇稿可不容易哩。肖荻老师对我说:"你这篇小说正面写了改革开放的故事,开鱼档,劳动致富,让待业青年有了谋生创业的平台,题材、故事都不错。是这样,我们晚报,名声在外,全国各地都来稿,所以版面十分紧。你的这个短篇小说删去一半，2500字，如何？"我听了不知深浅地道："肖老师，您也太狠心了，要砍去一大半啊！可否6000字整版发表？"肖荻老师听了注视着我呵呵笑道："章以武，你好大胃口，整版发你的稿？你是欧阳山？你是秦牧？"他递了一支烟给我，"你的心情我理解，砍去一半，好比割你的肉啊。你回去想想，我也想想，再定。"一个星期后，肖荻老师给了我一封1000多字的长信，大意是：小说砍一半确实可惜。他建议将它扩大成中篇小说，并提了扩成中篇的五点意见，尤其是小说主人公阿龙的转变，要增加笔墨，令人信服。主要人物的形象生动饱满了，这个中篇就站得住了。我读完此信后十分感动，字字句句点中穴位呢，我心怦怦然，两眼发热，我为肖荻老师的敬业精神肃然起敬，他对后辈文学创作的热心关爱，永远是我学习的榜样。后来，为了创作中篇小说《雅马哈鱼档》，我找来了我的合作者黄锦鸿将这个短篇扩成中篇小说。应该说，这位合作者很聪明、很傲气，对广州的风俗人情很熟悉。当初的合作是默契的、愉悦的。这个中篇寄给了《花城》文学杂志，发表后，获得了1984年"花城首届文学奖"。至今，我常常会惦记肖荻老师直率、幽默的形象。肖老师已去了天国，我未能敬他一支烟、一杯酒，抱憾终生。然而，他厚厚的眼镜片里闪现的光芒，像南方簕杜鹃般灿烂，照亮了我的文学创作之路！

这里要插叙一段，中篇小说《雅马哈鱼档》到了《花城》之后，编辑部对此稿有截然不同的看法。《花城》编辑部主任范若丁认为：如今来稿多为写伤痕文学的作品，而正面书写改革开放新生事物的稿子很少，而且作者又是本土的，很难得，应予支持扶植。也有一位以文艺理论见长的编辑认为：不就是小贩卖鱼嘛，没多大意思，"小儿科"。当然，这是编辑部内十分正常的争论。不过，我在创作这个中篇时反复思考的却是，80年代初期是转型期，人的价值观念正在悄悄发生变化，具体到这个作品就是如何做人，如何赚钱，如何张扬人的价值、体现人的尊严。我们在作品里形象地指出：清白做人，诚实赚钱，劳动致富。而当时，人们的思想还戴着沉重的枷锁，在尚未完全解禁的形势下，我俩独具胆识，以文学的形式闯了禁区，提出劳动赚钱光彩，这无疑是石破天惊的事，无疑是广州的草根老百姓在做最早的中国梦！当初，这么够胆，全凭党的改革开放政策与思想解放啊！

真是好运来了挡也挡不住，我又遇到贵人了。当时，珠江电影制片厂文学部主任王进先生读了这个中篇，慧眼识珠，他认为《雅马哈鱼档》应时势，接地气，故事性强，富有视觉冲击力，具有广州地方特色与南国风味，可改编成电影。他立即让我俩住进珠影招待所，将小说改编成电影剧本。于是，我俩兴致勃勃地住进珠影招待所的大房间，开始"触电"了。先是编写剧本提纲，因有自己的小说在案头，不觉得写电影剧本有多难。我写他说，他说我写，不时会冒出新点子、新套路，自鸣得意，开怀大笑，信心满满，不消一个月，电影剧本的初稿就拉出来了。当时的责任编辑叫戴泳素，她略胖，颇有姿色。她是大名鼎鼎的民国诗人戴望舒的千金，为人和善，热情爽朗，很好相处。我俩在珠影食堂凭饭票吃饭，伙食还行，白瓜洋葱炒肉片，腐乳、蒜蓉辣椒酱都很合胃口，免费供应给作者。

好运连连啊，此剧本很快就通过了，马上投拍，那是1983年。个个都有兴趣，个个争，最后由张良导演此片。张良，才华横溢的东北汉子，家喻户晓的名演员，也是一位富有创新精神、有想法、有追求的好导演，他"胆大包天"，竟然在剧中启用了许多草根个体户人氏当演员，事实证明效果极好。当然，培训排演过程，张良花了更多的心血。这种对艺术执着、专注、忘我的精神，令人钦佩不已。影片拍成后，先在北京试映，招待京城的电影界名流观看，电影刚落幕，掌声四起，观众齐刷刷地站立鼓掌。影片大获成功！座谈会上，发言者争先恐后。著名电影表演艺术家张瑞芳说："好电影啊，太有生活气息了，我都闻到鱼腥味了。"当时的文化部副部长丁峤说："作者很大胆，思想解放，一年前就提出了'既要面子又要钱'的口号，很不简单！"后来，片子在北京大学放映，从晚上7点开始，一直放映到天明，北京学子观后高呼："广州的今天就是我们的明天！"这部电影公映后，好评如潮，轰动大江南北，被誉为"撕开了计划经济的一角"、"呼唤社会主义市场经济的到来"的作品。电影荣膺1984年文化部优秀新片二等奖，被选参加1984年柏林国际电影节。我为此获得了广州市人民政府嘉奖令，学院给予晋升工资一级，提前分得三房一厅。此电影票房达8000万元（当时电影票2

角1张），有人估算相当于现在的20多亿元。附带说一句，我们的稿费1000元，除去200元税各得400元。此片文化部给的奖金有几百元。剧组按人头平均分，我俩各得了48元5角，已心满意足了。有一点要说一说的，内地许多年轻人是看了这个片子后，才向往广东，到广东圆创业梦的。著名文艺家刘斯奋先生言："电影《雅马哈鱼档》对广东文艺创作具有引领的作用，促使20世纪90年代广东出现了一大批优秀的反映现实生活的影视剧，如《公关小姐》《外来妹》《英雄无悔》《情暖珠江》等等。"

《雅马哈鱼档》的成功，对我来说确实是文学创作的里程碑，增强了我对文学创作的热情与信心。改革开放以来，面对珠江三角洲这片历史性巨变的热土，我会激动不已，我的激情会燃烧。在我眼里，这儿，水比别处清澈，月比别处柔和，酒比别处醇香，人比别处开放，情比别处包容。我常有一种冲动，就是怎样形象地告诉人们，改革开放后富起来的珠江儿女是如何与时俱进的，是如何转得快好世界的，是如何在社会主义市场经济的波峰浪谷中拼搏闯荡的，是如何改变观念进行精神换血的，是如何在党的十九大精神指引下圆中国梦的。40年来，我一直热衷于近距离地书写当下现实生活，或者说都是贴近生活、接地气的主旋律作品。我一共写了300多万字的文学作品，均出版与搬上银幕荧屏，除代表作《雅马哈鱼档》外，还有电影剧本《爱的结构》《小蛮腰》《从初一到初三》，电视连续剧《南国有佳人》《心天一角》《风流大学生》《情暖珠江》（第一编剧），电视专题片《点亮心灯》《魅力番禺　盛世飘色》，五幕话剧《三姐妹》，长篇小说《南国有佳人》，中篇小说《雅马哈鱼档》《太老》《暖男》《朱砂痣》，文集有《章以武作品选》《风一样开阔的男人》，中短篇小说选《应召女郎之恋》《当代岭南文化名家章以武》。2015年，我获得第二届广东文艺终身成就奖。感恩时代，感恩生活，感恩文坛关爱我的前辈及朋友们。

2019年2月

读好书,快乐生长

人生有两件事,你是无法选择的。一是出身,你从娘胎里呱呱哭喊着来到人世间,成为这个家庭的一员,你无法抗拒;二是这一生你将会遇到什么样的朋友,你不可能"三年早知道",是无法预测的。然而,读好书,你可以自己做主。当你走进书城,面对书的海洋,琳琅满目,你自由选择啦!

听,优秀的作品是有生命感觉的!你有心来我有意!

一篇书写钟南山院士的报告文学,里边说他连夜坐高铁,在餐车上打盹儿,驰往武汉援救深受"新冠"病毒之苦的患者。一位小学三年级的孩子读了之后十分感动,心儿怦怦然写了一篇作文《可敬可爱的钟爷爷》。

80岁高龄的老人与10岁的少年,心心相印了!

广州青年作家刘迪生创作的报告文学《点亮生命,志愿者赵广军感动中国》(此书是中宣部、中央文明办推荐的好书),鼓舞了千万读者,在社区、车站、工地、集会,到处可以看见志愿者矫健的身姿、青春的面孔!

好书具有力量与威力!

友人告诉我一个读书与眼泪的故事。他11岁的女儿在房间里啜泣,手里捧着一本小说。老爸问:"谁惹你了,无端端地哭得这么伤心?"女儿答:"谁也没惹我,我看这篇小说,心里好难过。"这小说名叫《马戏班到了镇上》,是20世纪初美国作家马尔兹写的。故事是这样的:马戏班雇孩子们架设巨大笨重的帐篷,报酬为获得观看马戏的座券。结果呢,演出开始时,被折磨得筋疲力尽的孩子们,个个歪着小脑袋睡着了。小说之所以震撼人心在于:公平交易的背后是对孩子们残忍的摧残与欺骗。小说让我们懂得了什么叫善良与丑陋!

读小说的小朋友与小说中的孩子们,他们的心是相通的,呼应的!

再说一个发生在我们身边的读好书的事儿。

岑桑先生,94岁高龄了,在广东文坛无人不识。他是国内著名的出版家,也是一名优秀的作家,是广东文艺终身成就奖的得主,至今还在主编《岭南文库》。他读海明威的《老人与海》的感悟:

"我特别喜欢《老人与海》,它穿越历史向我们走来。我会从小说中汲取力量。'只要有风与船,我还要在大海上搏击'这话威风凛凛,不时地在我身边震响!我不怕老,我会活得更好!"

岑桑先生的话语,何等铿锵有力!裹着南海的劲风向我们吹来!

读好书，才能营造文明家庭。一个文明家庭，子女都有出息，那么这个家庭的主人，一定是喜欢读好书的、有文化教养的、有良好生活习惯的、有好家风的。北宋大文豪苏轼说，"腹有诗书气自华"嘛。读好书多了，人的气质自然就会高华光彩！

你当家长，不仅要平日里向孩子推荐优秀读物，更重要的是自身坚持勤读书、读好书，从而形成良好教养，日久天长，潜移默化地影响着孩子的价值观，影响着孩子的理想情操、视野广度和行为规矩。

我采访过广州执信中学的优秀班主任、语文老师闫娜。她平时备课精益求精，不仅吃透具体的课文，还阅读与课文相关的各种资料、文本。如讲李白、杜甫、白居易的诗，她会重读中国文学史，翻看有关专著及诗人的人生逸事。她儿子不理解："妈，这些课文你都熟得会背了，小菜一碟啦，你备课还熬夜，紧张兮兮。"闫老师答："我们学校不少老师学问比妈妈强，教学经验比妈妈丰富，至今，他们照样一丝不苟，认真读书备课，他们读厚厚的书，对同学们浅浅地说。"儿子听了沉默许久，蹦出一句话："老师这碗饭不容易吃，学无止境！"

也是闫娜老师告诉我的，一位大公司的财务主管，平日里爱书如命。孩子读初中，她考研读硕，孩子读高中，她读博。女儿纳闷，问："妈妈，你是公司部门主管，受人尊重，收入不低，你干吗呀，偏偏读的是心理学博士，跟你的财务工作八竿子打不着，你自讨苦吃啊。瞧你天天上晚上，读不完的高头讲章，你图什么呀？"妈笑答："我啥也不图，只图个读书快乐！我中意给自己出难题，挑战自己，充实自己，完善自己！"女儿道："妈，我好佩服你！你灯下苦读的背影会永远镌刻在我的心里！"

一位文友告诉我一个动人的故事。她儿子读幼儿园时，老师说他有多动症。上中学，每次家长会，班主任都告状："你儿子上课思想不集中，看窗外白云发呆。读初一了，一次数学测试只考了50分。"当妈的没有火冒三丈，而是和颜悦色地对儿子道："儿子，你行的，有一半数学题你做对了。妈对你有信心。数学期末考试考个60分，增加10分行啵？哪儿不会，妈跟你一起学，一起进步。"那孩子听了感动地点点头，强忍泪水。后来初三中考，这孩子考取了理想的高中，他深情地对妈说："妈妈，我知道，我不聪明，我笨，只有你懂我，教我笨鸟先飞。妈，你记得吗，三年初中，你买了8本趣味数学的书让我读，你告诉我兴趣是最好的老师！妈妈，点点滴滴，我全记在心上！"

哦，零零碎碎，记下来不少读书的故事，无非是想说一点：读好书，快乐生长。

2021年8月

关于《风一样开阔的男人》的自说自话

暖阳午后，我坐在桂花香蒸腾的院子里，淡茶一杯，想着花城出版社的隆情高谊，想到我的散文集《风一样开阔的男人》即将出版，心里美滋滋。平时，我闲不住，喜欢东跑西跑，东看看西听听，笔记本里记录着生活中撷取的各种写作素材。有的经过对各种信息的提炼、想象、编排、生发，融入小说、影视的情节中；有的对醒目的人与事咂摸一番，我觉得这里边留下了大时代的记忆，很可贵，便将它们独立成篇为散文；有的是形象逼真的日常瞬间，细细品味，其中闪烁着人性的光辉，也书写成篇；有的是本人的创作心得体会与讲堂授课的讲稿，我尽量避开高头讲章之嫌，突出画面感。这些作品，大多二三千字，发表在《羊城晚报》《南方日报》的副刊，重读它们，感谢肚里有料、双眼识货的编辑们：多夫、桥生、小攀、李贺、郭珊、美华。我的这些散文绝不会奢望高山流水般的回响，只是表达了一个"文痴"笃信人不能闲，闲会生锈，更不能停止生长的信念。

风一样开阔的男人

散文天地,悠悠宽广;日月星辰,似水流年;雾蒙绿野,雪白茅舍;良苑奇葩,佳茗美酒;旷世柔情,眼角清泪;叹息感喟,不老记忆。门槛不高,有感而发,自由灵活。然而,我更喜欢能穿越时间空间的、写在时代节点上的、闪烁着时代亮光的、具有时代脉搏温度的散文。这样的散文更有生命力!我写《风一样开阔的男人》就是这样的认知。这篇散文的主人公陈俊年,如今已年过七十,得了夜盲症,虽未到目瞽足跛的程度,但上下台阶得有人搀扶了。然,他依然人见人爱,圆脑袋、娃娃脸、笑嘻嘻,思维敏捷,睿智风趣,各种文坛聚会常见他的身影,发言"猛料"频爆,笑声迭起,且佳作连连,诗集《你来春就来》赞声如潮!在我眼里,他鲜衣怒马,归来依然是少年啊!30多年前,我与陈俊年相识于广州红书北路广东人民出版社的宿舍大院。给我印象最深的是他对改革开放有火一般的情怀!后来我们成了"老友记"。他告诉我,80年代初,他参加深圳边防的巡夜,月黑风高,一出"喜剧"发生了。从江西、梅县、河源风尘仆仆结伴而至的都是来深圳特区的拓荒者、建设者啊!是夜,他辗转反侧,兴奋得难以入眠!他告诉我,90年代中,他搬至广州天河新家时,那里除天河体育中心外,不乏"风吹草低见牛羊"的景致,如今的天河发展神奇,每每家乡来人要东问西摸。他告诉我,他爱参加女儿学校的家长会,改革开放的新一代,他们发生出什么样的信息,他们需要什么样的精神食粮,干出版的要多听听,累得大拇指抽筋也值得。他告诉我,1986年金秋10月,他独自骑自行车行走7天，一路采访连接广深的中国南部大道——广深公路（当时没有高速），写出了"广深走笔"10篇，留下了20世纪80年代南方大动脉的呼吸与身影，昭示了社会主义市场经济的强大魅力！

"闻弦歌而知雅意"，一个作家的思想境界，决定了他文章的高度！

再说《一个真实的神话》这篇散文。那是80年代末写的。广州东华实业股份有限公司是一家房地产开发企业。中华人民共和国城乡建设部赞誉他们开创了"东华模式"。它是共和国最早的房地产开发的春的瞭望台。说它是一个真实的神话，一点不过分。1979年，在当时的中共广州东山区委的领导下，七八个改革开放的弄潮儿，心潮澎湃，敢"吃螃蟹"，引进外资，开发了东湖新村、五羊新城等楼盘，取得了辉煌的业绩！说几个感人的细节：

东山区委办公室"开恩"，借了500元，作为东华公司的开办费。公司面积15平方米，办公的桌椅板凳，是向兄弟单位讨的。

他们是广州第一个引进外资、建设住宅的企业。他们懂得土地可以增值的原理。他们"借鸡生蛋"，造房子卖，卖了再建新房，"滚雪球"。

他们目光超前，率先提出"建设、管理、服务"的一体化经营方针。

他们创造了崭新的"屋宇文化"。

他们在没有国家货币投资的前提下，从1979年开办到1988年，为社会提供了40万平方米的住宅，东湖新村、五羊新城等七八个楼盘都是东华公司的精品力作！

他们思维超前，实行股份制，发行股票，轰动了全国的房地产业。

我在东华公司体验生活一个多月，才动笔写这篇大散文。"敢为天下先"的东华人之所以取得辉煌业绩，是因为他们沐浴着改革开放的现代风，他们的血脉中糅合着珠江水的奔腾、白云山的风骨、木棉花的热烈，给人以思索与振奋！

20世纪90年代中，我在珠江三角洲顺德、中山等地，走马观花体验生活时，还碰到两则小故事，至今萦绕于心。

一次顺德的文友陪同一位乡镇企业的小老板夜访我。小老板是琴棋书画爱好者，他邀请我去河涌边的大排档吃夜宵。那夜，夏风清凉，背后，甘蔗林在风里私语。脚下，河涌水潺潺流淌。不远处，星光下，家电企业的霓虹灯广告闪烁迷离，很有情调，我心愉悦。小老板从牛仔裤的后袋里掏出一瓶洋酒"马爹利"，他笑道："教授，你有文凭，我有酒瓶，文凭加酒瓶就是高水平！"此话一出，我心震撼！这位做瓶盖的小老板，几年前还是跟牛尾巴的人呢，洗脚上田之后，就开始精神换血啦，他深知知识就是力量啊！顺德人有句口头禅："转得快，好世界！"所谓转得快，即观念的变化。天还是那个天，地还是那个地，人却变了，用社会主义市场经济理念武装头脑的顺德人，就是不一样，当年的顺德就占了中国家电企业的半壁江山！

第二个故事，我与著名音乐词人郑南（《我爱五指山，我爱万泉河》就是他的杰作）去访问一位中山郊区的盆景专业户。这位专业户，做盆景发达了。进到盆景别墅之家，哇，好堂皇，偌大的客厅一角，摆放着一架锃亮漆黑的大钢琴。我对主人说："不错啊，你会弹钢琴！"他笑笑摇摇头："我不会。"我又问："你夫人会弹？"他大笑："我老婆会砌'四方城'（打麻将）。"我再问："你孩子会弹？"他答："我孩子在广州读大学，也不会。"我接着说："那你干吗买这架钢琴？"他幽默地答："我买钢琴是将它当摆设的。哈哈哈，我是附庸风雅！"此话掷地有声，我听了好不感动！这位盆景专业户，玩泥巴、修理树头的普通农民，如今知晓钢琴是个好东西，它是文明有教养的象征哩，这是社会巨大的进步。这两则小故事，成了我开启珠三角人心灵的一把钥匙！让我在创作中联想多多，受益匪浅。

我认为散文不仅书写风花雪月、杯底风波，更应着意展现人性的光辉。在日常的普普通通的事物中，往往包含着人性大美的东西，把它拎出来刻意描绘抒发，可以陶冶人的心灵，使人心变得柔顺、细腻、可爱、可亲。一个灵魂粗糙的人，生命是潦草的，也是无趣的。

我写《老娘的清蒸臭豆腐》起因是杭州一位文友在微信中告知，她老妈知道女儿馋重庆小面，特此快递了重庆小面的食材：

自擀的面条、自制的酱料，连葱段、香菜都齐备。我这位文友吃着面条泪流满面。这就是伟大的母爱，这就是美丽的人性！顿时，我的脑子里蹦出三个字：臭豆腐。我特爱吃上海的家常小菜——清蒸臭豆腐。21世纪初的早春，我回沪探亲，那时老娘已70多岁了，白发稀疏，身子佝偻，她特地换两次公交车，去郊外的墟上为我寻觅臭豆腐，当她找到时，如获至宝，放入竹篮，冒雨回家，好不兴奋。我以老娘为主角，写她说臭豆腐，找臭豆腐，做臭豆腐，看儿子吃臭豆腐。唉，老娘去世，没了臭豆腐。这篇散文在《羊城晚报》发表后，看哭了无数读者，我在黄埔书院讲《臭豆腐是怎样蒸出来的》，讲哭了许多听众。后来这篇散文有5家报刊转载。《羊城晚报》副刊还邀我亲自朗诵此文，以最朴实的声音演绎最醇厚的感情。发掘散文的人性美，对一个散文作者来说，是要牢牢记得的啊。

《电视机咏叹调》，是我很喜欢的一篇散文。里边插进了一个小故事，发生在20世纪80年代中，至今难以忘却。说的是广州流花湖畔的湖边新村，那碧绿的藤萝，任性地攀附在一幢幢小院的墙上，那里住着10多位德高望重、誉满中外的艺术大家。一位生性明达、言语幽默的雕塑大师潘鹤，他的可爱的儿子，小小少年，手执望远镜，透过夜色中婆婆的树影，直向对面楼里影影绰绰的9英寸电视机的荧光屏逼视。想必当初这少年，一定心跳加速，那不到50米的距离，定然是离幸福最近的距离！日久天长，版画大师的老夫人纳闷："我都这么老了，有什么好看的！"版画大师大笑:"你有没有搞错啊,别自作多情,绝对不会有人偷看你!"岁月流逝,那曾经偷窥的少年,如今已是英俊儿郎了!说起这些笑谈,那双眼闪烁欢喜泪花的老艺术家们,眯眼,挣开拐杖,挺胸朗朗大笑:活着真好!

在散文创作中,我发觉大凡小说家写的散文,都形象生动,更能触动人的心灵,发生共鸣。他们对花鸟虫鱼、对锣鼓声声、丝竹悠悠往往一笔带过,而对人的个性特征的描绘咬住不放。鲁迅、梁实秋、林语堂、铁凝、池莉、迟子建、贾平凹,他们所写的散文,对人物的勾勒,准确、形象、到位。我想原因之一是他们写惯小说,而贴着人物写是非常关键的,他们的散文是我们学习的范本。如今一些爱捣腾散文的文友,对最鲜活、最生动、最丰富的活人偏偏不感兴趣,视而不见,真是令人纳闷。听说中学生对记人为主的记叙文特别头疼,写来写去总是会公式化、概念化,千篇一律的《我的妈妈》《我的老师》《我的同桌》,而且写不出新意。我想,一是视野不开阔,见不多,识不广;二是平时这方面的训练少。我在高校教授写作课时,在堂上出一个题为《走过人行天桥》的作文,要求在课堂上完成,要有人物,文字不少于500字。结果呢?大多让人失望,行文可谓兵荒马乱。看不到题旨,见不到完整的情节,更无对人物的画龙点睛的描述。

其实,会写记人为主的散文了,掌握它的套路了,写短篇小说就容易得多了。会写小说了,写微电影、写网剧就顺畅多啦。

应该说，散文是各类文学创作起步的必由之路。优秀的、经得起历史筛选的散文当然是千呼万唤的啰。

我这本散文集有一个特点，以写人为主。特别是写广东文坛的文艺家们，他们的音容笑貌、谈吐举止、个性特征，写得是否到位、是否有点嚼头，那是由读者来评定了。我会虚心倾听的。

2021年10月20日于广州大学桂花岗校区宿舍